Sommaire

PREMIÈRE APPROCHE

4	Une vie bien remplie
10	L'itinéraire d'un auteur :
	de la tragi-comédie à la tragédie
12	La création du *Cid*
17	Les personnages principaux
21	L'intrigue
24	Le vocabulaire dans *le Cid*

LE CID

29	Acte premier
55	Acte II
85	Acte III
111	Acte IV
135	Acte V

DOCUMENTATION THÉMATIQUE

160	L'idéal chevaleresque
163	Les amours contrariées

171	**ANNEXES**
	(Analyses, critiques, bibliographie, etc.)

203	**PETIT DICTIONNAIRE POUR LIRE** *LE CID*

Une vie bien remplie

Né le 6 juin 1606, Pierre Corneille, fils d'avocat, aîné d'une famille de six enfants, vit une enfance sans histoires à Rouen, sa ville natale, capitale de l'édition et de l'imprimerie à l'époque.

Une solide éducation

À neuf ans, il entre dans une école religieuse tenue par des jésuites. Il se distingue en recevant à deux reprises un prix de traduction latine. C'est un brillant élève qui se passionne pour les textes anciens et pour le théâtre auquel ses maîtres l'initient.

Mais il est temps bientôt de choisir un métier. Corneille sera-t-il avocat comme son père ou se laissera-t-il séduire par la carrière théâtrale ? La raison l'emporte : après avoir passé une licence en droit, il devient avocat. Nous sommes en 1624 ; Corneille a dix-huit ans. Cependant, il va changer d'orientation.

En 1625, il compose ses premiers vers pour son premier amour, Catherine Hue. Désormais il sera écrivain, même si, pour s'assurer un revenu régulier, il doit accepter, en 1629, un poste d'avocat du roi. C'est le début d'une double carrière qui durera plus de vingt ans.

Classiques Larousse

Collection fondée par Félix Guirand, agrégé des lettres

Corneille
Le Cid

tragi-comédie

Édition présentée, annotée et expliquée
par
ÉVELYNE AMON
professeur certifié

LAROUSSE

En route vers le succès

La même année, Corneille rencontre une troupe d'acteurs qui deviendra la célèbre troupe du Marais : c'est à elle que revient l'honneur de jouer sa première pièce. *Mélite,* une comédie pleine d'exubérance et d'invention, est représentée avec succès sur la scène parisienne.

Lancé auprès du public, il écrit coup sur coup plusieurs pièces et s'essaye, avec bonheur, à un genre très en vogue à l'époque : la tragi-comédie, pièce à rebondissements qui finit toujours bien. Sa renommée grandit à tel point que Richelieu, ministre tout-puissant de Louis XIII, lui demande, moyennant une pension assez modeste, de se joindre à un comité d'écrivains officiels appelé « le groupe des cinq auteurs ».

La gloire... et les ennuis !

1637 : *le Cid.* Un événement qui fait date dans la vie de l'écrivain et dans l'histoire du théâtre. « *Le Cid* charme tout Paris », clame un auteur contemporain. Jamais une pièce n'a connu semblable triomphe. En associant une histoire d'amour passionné à un conflit politique, Corneille, d'un coup de maître, vient d'exprimer, en 1840 vers, la sensibilité de son époque.

Pourtant, sa pièce ne fait pas l'unanimité. Bientôt s'élèvent de vives critiques. Certains accusent Corneille d'avoir plagié un auteur espagnol. D'autres accablent *le Cid* de reproches : c'est une pièce ridicule, immorale, incohérente, mal écrite ! Corneille ne se dérobe pas : il explique, se défend, attaque même. Pendant plusieurs mois, la « querelle du *Cid* » bat son plein... jusqu'à l'intervention autoritaire de Richelieu qui finit par imposer le silence à chacun.

Succès et revers

Durant les années qui vont suivre, Corneille fonde une famille. Avec Marie de Lampérière, il aura sept enfants. Sa carrière d'auteur connaît une interruption : il lui faut trois ans pour oublier les mesquineries de la querelle et retrouver le goût d'écrire. Il compose alors entre 1640 et 1642 une série de tragédies, *Horace, Cinna, Polyeucte* qui reçoivent un accueil triomphal.

Désormais Corneille, auteur reconnu et bien vu à la cour, reçoit une pension de Mazarin, le successeur de Richelieu. À l'âge de quarante et un ans, il est même membre de l'Académie, assemblée de gens de lettres se donnant pour mission « l'embellissement de la langue ».

Entre 1648 et 1652, la France connaît des troubles graves : la Fronde, révolte des parlements et de la noblesse contre le pouvoir royal, déchire le pays. Le climat, on le devine, est peu propice aux représentations théâtrales. Corneille, pour un temps, devient, au poste de « procureur des états de Normandie », l'un des hommes du pouvoir. Cependant, il reste avant tout un auteur dramatique, même si sa carrière subit des revers.

Nicomède, qu'il écrit à l'âge de quarante-cinq ans, lui vaut un grand succès auprès du public, mais déplaît à Mazarin : le voilà privé de son poste et de sa pension. Déçu, il renonce au théâtre. Durant les cinq années suivantes, il se consacre à la traduction en vers d'un long texte latin : *l'Imitation de Jésus-Christ.* Ce sera pour lui une sorte de retraite religieuse.

Le « prince des auteurs »

À partir de 1659, Corneille, pensionné par Fouquet, ministre de Louis XIV, puis par le roi en personne, recommence à écrire. Sa nouvelle pièce, *Œdipe*, est bien accueillie à la cour. En 1660, il achève l'édition complète de son théâtre et rédige son *Examen du « Cid »*. Jusqu'à l'âge de soixante-huit ans, il composera de nouvelles pièces. Mais le « prince des auteurs », comme l'appellent ses admirateurs inconditionnels, n'est plus vraiment au goût du jour. Le jeune Racine, nouvel auteur à la mode, plaît davantage au public : ses personnages, entraînés par leurs passions, sonnent le glas du héros cornélien dominé par la raison. Molière, avec ses comédies, occupe également le devant de la scène. Il n'y a plus de place pour Corneille.

Le déclin d'un grand homme

Après l'échec de *Suréna* en 1674, Corneille prend une retraite définitive. Il est âgé, fatigué, malade. Le roi, pourtant, lui rend hommage en faisant représenter à Versailles six de ses pièces. En 1682, la dernière édition complète de son théâtre est publiée : durant toute sa vie, Corneille aura révisé ses textes jusqu'à ce qu'ils lui donnent entière satisfaction. Deux ans plus tard, le 1er octobre 1684, il meurt. Il a soixante-dix-huit ans. Il a écrit, en quarante-quatre ans, trente-trois pièces de théâtre !

Corneille

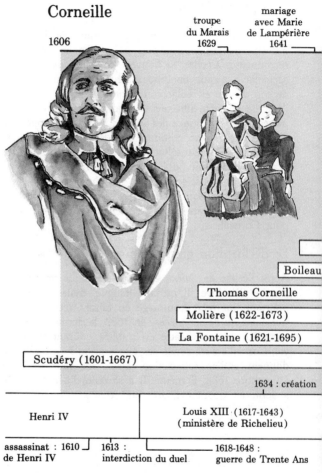

troupe
du Marais
1629

mariage
avec Marie
de Lampérière
1641

1606

Boileau

Thomas Corneille

Molière (1622-1673)

La Fontaine (1621-1695)

Scudéry (1601-1667)

1634 : création

Henri IV

Louis XIII (1617-1643)
(ministère de Richelieu)

assassinat : 1610
de Henri IV

1613 :
interdiction du duel

1618-1648 :
guerre de Trente Ans

membre
de l'Académie
française   installation à Paris
___ 1647   __ 1662   1684

Racine (1639-1699)

(1636-1711)

(1625-1709)

de l'Académie française

Régence (Anne d'Autriche 1643-1661)	Louis XIV (1661-1715)

__ 1648-1652 :
la Fronde

9

L'itinéraire d'un auteur :
de la tragi-comédie
à la tragédie

Au XVIIᵉ siècle, plusieurs genres se partagent le goût du public. Ils obéissent à des règles précises, auxquelles les auteurs doivent se conformer : l'écrivain qui compose une pièce de théâtre choisira entre la comédie ou la farce s'il veut faire rire, adoptera la tragédie s'il veut faire pleurer, la tragi-comédie s'il veut adoucir par une fin heureuse les rigueurs de la tragédie. Corneille, à ses débuts, s'est essayé avec succès à la tragi-comédie avec *Clitandre* (1631) et surtout avec *le Cid*. Mais il se tournera ensuite vers le genre le plus noble de l'époque : la tragédie.

La tragi-comédie : fantaisie et mouvement

D'une inspiration très libre, elle privilégie la fantaisie et le mouvement. L'action peut durer plusieurs jours ou même plusieurs années ; on change maintes fois de décor au cours de la représentation, plusieurs intrigues s'entrecroisent, des scènes comiques alternent avec des scènes dramatiques pour entretenir l'intérêt du spectateur. Enlèvements, assassinats, duos d'amour, retrouvailles : les situations les plus diverses et les plus invraisemblables sont permises pourvu que le public éprouve des émotions fortes, pourvu surtout que la pièce finisse bien !

La tragédie : rigueur et règles

Elle s'oppose, par ses principes, à la tragi-comédie. En effet, elle s'adresse, selon les vœux de Richelieu, non pas aux « ignorants » mais aux « personnes de naissance ou nourries parmi les Grands », c'est-à-dire à la noblesse. Elle emprunte ses sujets à l'histoire ou à la légende et met en scène des personnages fameux. Elle s'interdit les séquences comiques ou familières pour accentuer le climat tragique de la pièce. Et surtout, elle respecte ce qu'on appelle la règle des trois unités : l'action doit développer une seule intrigue (c'est l'unité d'action) ; elle se déploie dans un lieu unique (c'est l'unité de lieu) ; enfin elle prend place entre le lever et le coucher du soleil (c'est l'unité de temps).

Comme on le voit, la tragédie est un genre beaucoup plus strict que la tragi-comédie.

Le Cid : tragi-comédie ou tragédie ?

Le Cid se situe plutôt entre ces deux genres car Corneille aura du mal à se conformer aux règles strictes de la tragédie. Bien qu'une intrigue principale se dégage de la pièce, l'espace géographique se multiplie (la maison de Chimène, l'appartement de l'Infante, la place publique, la chambre du roi), l'action s'étale sur vingt-quatre heures. Et si l'histoire de Rodrigue et de Chimène est résolument dramatique, Corneille laisse entrevoir une fin heureuse pour les deux héros.

Ses ennemis lui reprocheront d'ailleurs son manque de rigueur lors de la querelle du *Cid* (voir p. 198). C'est à cette condamnation qu'il essayera d'échapper en rebaptisant sa pièce « tragédie » dans l'édition de 1648.

La création du *Cid*

Comment Corneille a-t-il eu l'idée d'écrire *le Cid* ?

Tout commence, paraît-il, le jour où Corneille rencontre un certain M. de Chalon, ancien secrétaire de la reine. L'historien de théâtre, Beauchamp, raconte cette mémorable visite :

« Monsieur, lui dit M. de Chalon après l'avoir loué sur son esprit et sur ses talents, le genre de comique que vous embrassez ne peut vous procurer qu'une gloire passagère. Vous trouverez dans les Espagnols des sujets qui, traités dans notre goût, par des mains comme les vôtres, produiront de grands effets. »

Et il lui propose de lire une pièce intitulée *Las Mocedades del Cid* (« la Jeunesse du Cid ») ! Cette comédie de Guilhem de Castro parue en 1631 retrace l'histoire d'un jeune chevalier légendaire, le Cid Campeador, qui au XIᵉ siècle épousa la fille d'un homme qu'il avait tué. Cette conduite, au Moyen Âge, n'avait rien de choquant. Le Cid, fameux dans toute l'Espagne, est une sorte de héros national. De nombreux poèmes célèbrent, depuis des siècles, sa bravoure, sa générosité, sa beauté.

Corneille entrevoit immédiatement le parti qu'il peut tirer d'une telle histoire. En France, la littérature espagnole est à la mode : Guilhem de Castro lui offre un modèle de grande qualité. À lui, Corneille, de s'en inspirer pour écrire un chef-d'œuvre qui portera sa griffe.

Avec l'histoire du *Cid*, il tient un sujet en or, idéal pour une tragi-comédie. Ce sera à la fois l'apothéose d'un genre et d'un auteur. La perfection...

Gravure illustrant *El Cantar de mio Cid*
chanson de geste anonyme écrite vers 1140
qui raconte l'épopée du Cid Campeador.

13

Comment s'est-il servi de la pièce espagnole ?

On a accusé Corneille d'avoir plagié *Las Mocedades del Cid* : il s'en défendra, preuves à l'appui. De tout temps, les auteurs ont emprunté à leurs prédécesseurs des idées, des thèmes, des situations auxquels ils ont imprimé la marque de leur génie. La Fontaine, au XVIIe siècle, ne s'inspirera-t-il pas de l'écrivain grec Ésope, pour écrire ses fables ?

Lors de la fameuse querelle du *Cid* (cf. p. 198), Scudéry, principal ennemi de Corneille, essaya de montrer que « presque tout l'ordre, scène pour scène, et toutes les pensées » du *Cid* étaient imités de la pièce espagnole. Un autre contemporain écrit : « Il ne vous était pas difficile de faire un beau bouquet de jasmins d'Espagne, puisqu'on vous a apporté les fleurs toutes cueillies dans votre cabinet et qu'il ne vous a fallu qu'un peu d'adresse pour les arranger en leur lieu de bonne grâce » (« Lettre du Sieur Claveret au Sieur Corneille soi-disant auteur du *Cid* »). Fort heureusement, l'Académie, assemblée de spécialistes chargés de fixer le sens des mots et d'énoncer des règles, blanchit totalement Corneille.

Comment l'actualité de 1637 a-t-elle marqué la pièce ?

Corneille est un homme de son temps. Même si, dans *le Cid*, il s'inspire d'un événement survenu six cents ans plus tôt, il introduit dans sa pièce des éléments propres à la société de son époque.

La guerre avec l'Espagne

Depuis 1635, la France est en guerre avec l'Espagne. Au printemps de 1636, précisément au moment où Corneille écrit *le Cid*, l'ennemi envahit la France par le nord (les Pays-Bas étaient alors espagnols) et se dirige sur Paris. Le roi, pour empêcher l'accès à la ville, ordonne la destruction des ponts de l'Oise. Qu'à cela ne tienne : les Espagnols s'emparent de Corbie, en Picardie, à 100 km de Paris, provoquant la panique générale dans la capitale. Mais Richelieu ne perd pas son sang-froid : il ordonne une contre-offensive. Les troupes françaises repoussent vaillamment les troupes espagnoles. La France respire et rend grâce au pouvoir royal d'avoir si bien défendu le pays.

On ne peut nier que cet événement de l'histoire nationale ait influencé Corneille : Rodrigue vainqueur des Maures (acte IV, sc. 3) n'est-ce pas aussi Richelieu écrasant les troupes espagnoles ?

Les ravages du duel

Vengeance familiale à l'origine, le duel est un combat entre deux gentilshommes dont l'un a demandé à l'autre réparation d'une offense par les armes. C'est une forme de justice personnelle qui s'exerce en dehors de tout tribunal.

De 1598 à 1608, le duel a coûté la vie à près de huit mille gentilshommes, faisant plus de victimes que les guerres civiles. Henri IV, puis Richelieu s'attaquent de front à ce grave problème : depuis le début du XVIIe siècle, une série de lois réglementent les conflits. En 1613, le combat judiciaire est formellement interdit. On lui substitue un code de criminalité : à chaque faute correspond une peine prononcée par des juges. Pourtant les duels continuent : les nobles préfèrent vider leurs querelles eux-mêmes, conformément à la tradition féodale.

Dans *le Cid*, deux duels ont lieu. Le premier (acte II, sc. 2), qui oppose Rodrigue au Comte, est illégal. On comprend alors pourquoi Chimène demande justice au roi : le coupable doit être puni, c'est la loi. Le second, où s'affrontent Rodrigue et don Sanche, est organisé à la demande de Chimène, avec l'autorisation exception-nelle du roi (acte IV, sc. 5). C'est une façon pour Corneille de souligner qu'il n'y a plus désormais de justice en dehors de la justice royale. Les temps héroïques où chaque seigneur faisait sa propre loi sont bien finis...

Le renforcement du pouvoir royal

En 1637, quand est donné *le Cid*, un tournant s'amorce inexorablement au sein de la société française. Louis XIII et Richelieu, Mazarin puis Louis XIV veulent forcer les grands seigneurs à entrer dans les rangs du pouvoir royal.

La France devient un État fortement centralisé : le roi tient son pouvoir de Dieu, on lui doit respect et soumission : c'est un souverain absolu. Les grands seigneurs de l'époque l'apprendront à leurs frais : la Fronde coûtera la vie à nombre d'entre eux. Dans *le Cid*, don Gomès appartient à cette noblesse qui refuse de se soumettre au pouvoir royal alors que Rodrigue se définit fièrement comme un sujet obéissant du roi.

Les personnages principaL

Rodrigue, le baptême du feu

Rodrigue est le personnage le plus positif de la pièce. Qu'il s'agisse de défendre l'honneur bafoué de son père, don Diègue, d'accepter le châtiment imposé par Chimène, sa bien-aimée, de risquer sa vie pour son roi, don Fernand, il va de l'avant, s'élance au danger comme un adolescent qui doit faire ses preuves pour passer aux responsabilités de l'âge adulte.

La pièce lui réserve une série d'aventures qui vont le révéler à lui-même et aux autres. Au début, il est Rodrigue, un héros en puissance : jeune, beau, noble, et plein de promesses. À la fin, il est le Cid, un héros accompli, mûri par l'expérience, un futur Grand du royaume pour qui les mots sont devenus des actes.

Porte-parole de Corneille, il est le modèle d'une nouvelle génération de gentilshommes, ceux pour lesquels « servir son roi » a remplacé l'idéal chevaleresque du Moyen Âge, ceux qui permettront à la France féodale de devenir la France de Louis XIV : une monarchie absolue.

Chimène, l'héroïne blessée

Chimène, la version féminine de Rodrigue, est sans doute le personnage le plus complexe de la pièce. Si l'on observe chez elle le même sens de l'honneur, le même souci du devoir, le même orgueil que chez

17

Rodrigue, elle est à la fois plus dure et plus sensible, rigide par sa volonté mais rendue vulnérable par son amour. Tour à tour, elle connaît le doute (acte I, sc. 1), l'inquiétude (acte II, sc. 3 et 4), la culpabilité (acte III, sc. 3). Son évanouissement quand elle croit Rodrigue mort au combat (acte IV, sc. 5), les reproches dont elle accable don Sanche, supposé vainqueur de Rodrigue (acte VI, sc. 6), nous la montrent en perpétuel débat avec elle-même, prisonnière d'une effroyable contradiction contre laquelle sa volonté reste impuissante : elle aime l'assassin de son père.

Don Gomès et don Diègue : l'attachement au passé

Don Gomès et don Diègue sont les héros négatifs de la pièce. Malgré leur âge, aucune sagesse, aucune mesure dans leur conduite ; ils se mettent au-dessus des lois et ils sèment autour d'eux le désordre et la désolation.

Corneille, à travers ces deux personnages, met en garde ses contemporains : le temps des règlements de comptes individuels est révolu. Rien ne doit se décider en dehors du contrôle de l'État. La mort du Comte a valeur d'avertissement et le recours de don Diègue à l'arbitrage du roi après cet épisode (acte II, sc. 8) montre la voie à suivre.

Don Fernand : la préfiguration du Roi-Soleil

Don Fernand est, avec Rodrigue, le personnage le plus brillant de la pièce. Tour à tour père de ses sujets, protecteur, juge, il leur offre l'image d'un monarque indulgent mais tout-puissant.

On lui a souvent reproché d'être plus sévère en paroles qu'en actes. On lui a fait grief de ne pas ordonner l'arrestation du Comte après l'échec de la tentative de conciliation (acte II, sc. 1). On a mal compris qu'après le duel il ait laissé Rodrigue en liberté. Enfin, on s'est demandé pourquoi dans la scène 8 de l'acte II, il renvoyait à plus tard son verdict, abandonnant Chimène à son désespoir et don Diègue à son inquiétude.

Rendons justice au roi. Cette apparente faiblesse répond peut-être à une stratégie : quand l'ennemi menace aux frontières, mieux vaut songer à défendre le pays avant de régler les problèmes intérieurs.

L'Infante et don Sanche, amoureux déçus

L'Infante, cette « pauvre princesse » (cf. vers 1569), et don Sanche sont deux personnages de l'ombre que les circonstances poussent sur le devant de la scène aux moments forts du conflit entre Rodrigue et Chimène.

L'Infante, au cours de la pièce, renonce, espère, puis renonce définitivement à son amour pour Rodrigue. Lorsqu'elle « donne » Rodrigue à Chimène, on perçoit de la résignation derrière sa générosité : de toute façon, Rodrigue ne l'aime pas. Ces revirements, témoins de son impossible amour, menacent la rigueur de ses principes et la rendent touchante à nos yeux.

À l'inverse, don Sanche, dans son rôle d'amoureux, ne présente guère de nuances : il n'épouse la cause de Chimène que parce qu'elle lui offre la possibilité de tuer son rival. Impulsif, il se montre peu respectueux à l'égard du roi ; aussi sa docilité à la fin de la pièce paraît-elle bien artificielle.

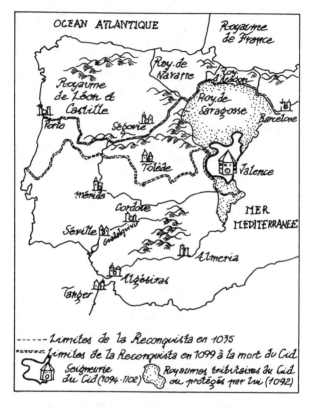

Les lieux de l'action du *Cid* au XIᵉ siècle,
lors d'un épisode de la Reconquista
(reconquête par les chrétiens des territoires occupés
par les musulmans depuis quatre siècles.
Elle s'achèvera en 1492 avec la prise de Grenade.).

L'intrigue

Le lieu : Séville, au sud de l'Espagne.
L'époque : le Moyen Âge, sans doute au XIe siècle.
Le contexte historique : la Reconquista chrétienne sur les musulmans en Espagne (les Maures).
L'action : le jeune Rodrigue, pour venger l'honneur de son père, tue en duel le père de Chimène, sa bien-aimée.
Les personnages principaux :
Grands seigneurs au service du roi : don Diègue, père de Rodrigue, et don Gomès, père de Chimène.
Rodrigue et Chimène, leurs enfants, qui s'aiment passionnément.
Don Fernand, le roi.
L'Infante, fille du roi, amoureuse de Rodrigue.
Don Sanche, gentilhomme, amoureux de Chimène.
Les thèmes essentiels : la vengeance, le devoir, l'amour.

Acte I : l'affront

Chimène et Rodrigue s'aiment et espèrent bien pouvoir se marier. Rodrigue est aussi aimé en secret par l'Infante (sc. 2). Mais don Gomès, le père de Chimène, au cours d'une dispute, gifle don Diègue, le père de Rodrigue (sc. 3) : cette grave offense doit être vengée. Don Diègue, affaibli par l'âge, demande à son fils de punir le coupable (sc. 5). Rodrigue, déchiré entre son devoir et son amour, n'a pas vraiment le choix : s'il veut conserver l'estime de sa bien-aimée, il doit se battre contre don Gomès (sc. 6).

Acte II : la vengeance de Rodrigue

Rodrigue provoque don Gomès en duel (sc. 2) tandis que l'Infante se prend à espérer car la querelle de leurs pères peut séparer Rodrigue et Chimène (sc. 5). Cependant, on annonce à la cour la mort de don Gomès (sc. 7). Chimène alors se précipite chez le roi pour demander justice (sc. 8).

Acte III : la vengeance de Chimène

À don Sanche qui veut être son champion, Chimène répond qu'elle attend la justice du roi (sc. 2). Pourtant, si le devoir lui impose de se venger, elle continue à aimer le coupable (sc. 4). Mais l'heure est grave, le royaume est en danger. Don Diègue suggère à Rodrigue de repousser les Maures qui s'apprêtent à attaquer Séville : voilà le seul moyen de reconquérir Chimène et de forcer le roi au pardon (sc. 6).

Acte IV : la victoire de Rodrigue

Rodrigue, qui a repoussé les Maures, est devenu un héros national (sc. 1 et 2). Il fait, à la cour, un récit enthousiaste de la bataille (sc. 3). Mais si le roi lui a pardonné la mort de don Gomès, Chimène, elle, poursuit son implacable vengeance : don Sanche sera son champion contre Rodrigue (sc. 4 et 5).

Acte V : la réconciliation

Décidée à épouser le vainqueur du duel, Chimène
supplie Rodrigue de l'emporter sur don Sanche (sc. 1).
Tandis que l'Infante renonce définitivement à son amour
(sc. 2 et 3), le roi fait croire à Chimène que Rodrigue
est mort. Chimène, désespérée, s'évanouit sous le coup
de la douleur (sc. 5 et 6). Aussitôt, le roi rétablit la
vérité : Rodrigue est bien vivant. Que l'amour triomphe,
même si Rodrigue doit attendre, pour épouser Chimène,
de vaincre ses dernières résistances. Pendant un an, le
Cid ira combattre au loin pour renforcer son prestige
et laisser à sa bien-aimée le temps de pleurer son père.
Telle est la volonté du roi (sc. 7).

Les « Grands » sur scène lors de la première représentation du *Cid*.
Gravure de F. H. Lucas, XVIIe siècle, Bibliothèque nationale.

Le vocabulaire dans *le Cid*

La langue du XVIIe siècle n'est pas tout à fait celle du XXe siècle. Le sens des mots a évolué : parfois il s'est atténué, parfois il s'est renforcé. Il arrive même que certains termes aient une signification complètement différente. Voici une sorte de petit dictionnaire du XVIIe siècle qui vous aidera à mieux comprendre le texte.

Dans la liste suivante figurent les mots qui reviennent le plus souvent dans la bouche des personnages.

Amant(e) : amoureux(euse).

Cavalier : gentilhomme.

Charme(s) : sortilège, puissance de séduction, remède magique contre la douleur.

Cœur : 1er sens : courage ; 2e sens : fierté, noblesse de sentiment ; 3e sens : lieu où l'on situe le sentiment amoureux.

Courage : 1er sens : cœur ; 2e sens : force d'âme.

Déplaisir : désespoir.

Devoir : obligation morale.

Digne : qui a des sentiments élevés, qui mérite l'estime.

Ennui : désespoir.

Étonner : frapper de stupeur, faire trembler.

Étrange : extraordinaire.

Fatal : mortel.

Feu : passion amoureuse (vocabulaire galant), amour.

Flamme : passion amoureuse (vocabulaire galant).

Funeste : mortel, qui a une mauvaise influence, funèbre.

Généreux : d'une origine et d'un caractère supérieurs, noble par sa naissance et par ses sentiments.

Générosité : grandeur d'âme.

Gloire : le respect que l'on se doit à soi-même.

Glorieux : 1er sens : orgueilleux ; 2e sens : remarquable.

Honneur : 1er sens : dignité, grandeur ; 2e sens : distinction.

Hymen, hyménée : mariage.

Mérite : la qualité de quelqu'un, sa noblesse de caractère.

Querelle : 1er sens : cause ; 2e sens : dispute.

Ravir : enthousiasmer, transporter de joie.

Soupirs : plaintes.

Triste : malheureux.

Troubler : bouleverser.

Vaillance : bravoure au combat.

Valeur : 1er sens : bravoure ; 2e sens : qualité.

Vengeance : justice, réparation d'une offense.

Portrait de Pierre Corneille.
Musée national du château de Versailles.
Peinture anonyme du XVIIᵉ siècle.

CORNEILLE

Le Cid

tragi-comédie
représentée pour la première fois
en 1637

Personnages

Don Fernand, *premier roi de Castille.*

Doña Urraque, *Infante de Castille.*

Don Diègue, *père de don Rodrigue.*

Don Gomès, *comte de Gormas, père de Chimène.*

Don Rodrigue, *amant de Chimène.*

Don Sanche, *amoureux de Chimène.*

Don Arias,
Don Alonse, } *gentilshommes castillans.*

Chimène, *fille de don Gomès.*

Léonor, *gouvernante de l'Infante.*

Elvire, *gouvernante de Chimène.*

Un page de l'Infante.

La scène est à Séville.

Acte premier

SCÈNE PREMIÈRE. CHIMÈNE, ELVIRE.

CHIMÈNE

Elvire, m'as-tu fait un rapport bien sincère ?
Ne déguises-tu rien de ce qu'a dit mon père ?

ELVIRE

Tous mes sens à moi-même[1] en sont encor charmés :
Il estime Rodrigue autant que vous l'aimez,
5 Et si je ne m'abuse à lire[2] dans son âme,
Il vous commandera de répondre à sa flamme.

CHIMÈNE

Dis-moi donc, je te prie, une seconde fois
Ce qui te fait juger qu'il approuve mon choix :
Apprends-moi de nouveau quel espoir j'en[3] dois prendre ;
10 Un si charmant discours ne se peut trop entendre ;
Tu ne peux trop promettre aux feux de notre amour
La douce liberté de se montrer au jour.
Que t'a-t-il répondu sur la secrète brigue[4]
Que font auprès de toi don Sanche et don Rodrigue ?
15 N'as-tu point trop fait voir quelle inégalité
Entre ces deux amants me penche[5] d'un côté ?

---

1. *À moi-même :* en moi-même.
2. *À lire :* en lisant.
3. *J'en :* de ce qu'il t'a dit.
4. *Brigue :* intrigue amoureuse.
5. *Penche :* me fait préférer.

ELVIRE

Non ; j'ai peint votre cœur dans une indifférence
Qui n'enfle d'aucun d'eux ni détruit[1] l'espérance,
Et sans les voir d'un œil trop sévère ou trop doux,
20 Attend l'ordre d'un père à choisir[2] un époux.
Ce respect l'a ravi, sa bouche et son visage
M'en ont donné sur l'heure un digne témoignage,
Et puisqu'il nous en faut encor faire un récit,
Voici d'eux et de vous ce qu'en hâte il m'a dit :
25 « Elle est dans le devoir, tous deux sont dignes d'elle,
Tous deux formés d'un sang noble, vaillant, fidèle,
Jeunes, mais qui font lire aisément dans leurs yeux
L'éclatante vertu de leurs braves aïeux.
Don Rodrigue surtout n'a trait[3] en son visage
30 Qui d'un homme de cœur ne soit la haute image,
Et sort d'une maison[4] si féconde en guerriers,
Qu'ils y prennent naissance au milieu des lauriers.
La valeur de son père, en son temps sans pareille,
Tant qu'a duré sa force, a passé pour merveille ;
35 Ses rides sur son front ont gravé ses exploits,
Et nous disent encor ce qu'il fut autrefois.
Je me promets du fils ce que j'ai vu du père ;
Et ma fille, en un mot, peut l'aimer et me plaire. »
Il allait au conseil, dont l'heure qui pressait
40 A tranché ce discours qu'à peine il commençait ;
Mais à ce peu de mots je crois que sa pensée
Entre vos deux amants n'est pas fort balancée[5].

---

1. *Ni détruit... :* ni ne détruit...
2. *À choisir :* pour choisir.
3. *N'a trait :* n'a pas un seul trait.
4. *Maison :* famille.
5. *Balancée :* hésitante.

Le roi doit à son fils élire[1] un gouverneur,
Et c'est lui que regarde un tel degré d'honneur :
45 Ce choix n'est pas douteux, et sa rare[2] vaillance
Ne peut souffrir qu'on craigne aucune concurrence.
Comme ses hauts exploits le rendent sans égal,
Dans un espoir si juste il sera sans rival ;
Et puisque don Rodrigue a résolu[3] son père
50 Au sortir du conseil à proposer l'affaire,
Je vous laisse à juger s'il prendra bien son temps,
Et si tous vos désirs seront bientôt contents.[4]

CHIMÈNE

Il semble toutefois que mon âme troublée
Refuse cette joie et s'en trouve accablée :
55 Un moment donne au sort des visages[5] divers,
Et dans ce grand bonheur je crains un grand revers.

ELVIRE

Vous verrez cette crainte heureusement déçue.[6]

CHIMÈNE

Allons, quoi qu'il en soit, en[7] attendre l'issue.

---

1. *Élire* : choisir.
2. *Rare* : exceptionnelle.
3. *A résolu* : a décidé.
4. *Contents* : satisfaits.
5. *Visages* : apparences.
6. *Déçue* : détrompée.
7. *En* : attendre l'issue du conseil.

Acte I Scène 1

L'UTILITÉ DE LA SCÈNE

1. Quelle est la situation initiale de la pièce ? Quelles sont les informations essentielles données dans cette scène ? Citez le texte. Recherchez, dans le lexique de la p. 203, le terme précisant la fonction de cette première scène.

LES PERSONNAGES

2. Qui est Chimène ? Pourquoi se montre-t-elle si impatiente dans les vers 1-2 et 7-8 ?

3. Qui est Elvire ? Pourquoi son temps de parole est-il beaucoup plus important que celui de Chimène dans cette scène ?

4. Relevez le nom de tous les personnages cités au cours de cette première scène. Qu'apprenons-nous sur eux ?

5. Par quels aspects Rodrigue et Don Sanche sont-ils semblables ? Sur quel détail, cependant, se forge la supériorité de Rodrigue ? Citez le texte.

L'INTÉRÊT DRAMATIQUE

6. Quels sont les deux événements importants annoncés pour un proche avenir ?

7. Comment l'auteur parvient-il à éveiller le doute et l'inquiétude chez le spectateur ?

L'EXPRESSION

8. Relevez quelques mots appartenant au vocabulaire amoureux du XVIIe siècle. Donnez leur définition à l'aide du lexique situé p. 24.

9. Adaptez en français moderne les expressions suivantes : « sur l'heure » (v. 22), « au sortir de » (v. 50).

10. Quel est le sens du verbe « décevoir » au vers 57 ? Que signifie ce mot en français moderne ? Comment expliquez-vous cet écart entre le sens du XVIIe siècle et le sens actuel ?

Chez l'Infante.

SCÈNE 2. L'INFANTE, LÉONOR, LE PAGE.

L'INFANTE

Page, allez avertir Chimène de ma part
60 Qu'aujourd'hui pour me voir elle attend un peu tard,
Et que mon amitié se plaint de sa paresse.

(Le page rentre.)

LÉONOR

Madame, chaque jour même désir vous presse ;
Et dans son entretien[1] je vous vois chaque jour
Demander en quel point se trouve son amour.

L'INFANTE

65 Ce n'est pas sans sujet : je l'ai presque forcée
À recevoir les traits dont son âme est blessée[2].
Elle aime don Rodrigue, et le tient de ma main,
Et par moi don Rodrigue a vaincu son dédain :
Ainsi de ces amants ayant formé les chaînes,
70 Je dois prendre intérêt à voir finir leurs peines.

LÉONOR

Madame, toutefois parmi leurs bons succès[3]
Vous montrez un chagrin qui va jusqu'à l'excès.
Cet amour, qui tous deux les comble d'allégresse,
Fait-il de ce grand cœur la profonde tristesse ?

---

1. *Entretien :* l'entretien que vous avez avec elle.
2. *À recevoir les traits dont son âme est blessée :* Cupidon, le dieu
de l'Amour, frappe ses victimes de ses flèches.
3. *Bons succès :* tout semble aller au mieux pour Rodrigue et
Chimène.

75 Et ce grand intérêt que vous prenez pour eux
Vous rend-il malheureuse alors qu'ils sont heureux ?
Mais je vais trop avant et deviens indiscrète.

L'INFANTE

Ma tristesse redouble à la tenir[1] secrète.
Écoute, écoute enfin comme j'ai combattu,
80 Écoute quels assauts brave encore ma vertu.
L'amour est un tyran qui n'épargne personne :
Ce jeune cavalier, cet amant que je donne,
Je l'aime.

LÉONOR

Vous l'aimez !

L'INFANTE

Mets la main sur mon cœur,
Et vois comme[2] il se trouble au nom de son vainqueur,
85 Comme il le reconnaît.

LÉONOR

Pardonnez-moi, Madame,
Si je sors du respect pour blâmer cette flamme.
Une grande princesse à ce point s'oublier
Que[3] d'admettre en son cœur un simple cavalier !
Et que dirait le Roi ? que dirait la Castille[4] ?
90 Vous souvient-il encor de qui vous êtes fille ?

L'INFANTE

Il m'en souvient si bien que j'épandrai mon sang

---

1. *À la tenir :* quand je la tiens.
2. *Comme :* combien, à quel point.
3. *S'oublier que :* s'oublier au point de.
4. *Castille :* Voir la carte p. 20.

Avant que je m'abaisse à démentir[1] mon rang.
Je te répondrais bien que dans les belles âmes
Le seul mérite a droit de produire des flammes ;
95 Et si ma passion cherchait à s'excuser,
Mille exemples fameux pourraient l'autoriser ;
Mais je n'en veux point suivre où ma gloire s'engage[2] ;
La surprise des sens[3] n'abat point mon courage ;
Et je me dis toujours qu'étant fille de roi,
100 Tout autre qu'un monarque est indigne de moi.
Quand je vis que mon cœur ne se pouvait défendre,
Moi-même je donnai ce que je n'osais prendre.
Je mis, au lieu de moi, Chimène en ses liens,
Et j'allumai leurs feux pour éteindre les miens.
105 Ne t'étonne donc plus si mon âme gênée[4]
Avec impatience attend leur hyménée :
Tu vois que mon repos en dépend aujourd'hui.
Si l'amour vit d'espoir, il périt avec lui :
C'est un feu qui s'éteint, faute de nourriture ;
110 Et malgré la rigueur de ma triste aventure,
Si Chimène a jamais Rodrigue pour mari,
Mon espérance est morte, et mon esprit guéri.
Je souffre cependant un tourment incroyable :
Jusques à cet hymen Rodrigue m'est aimable[5] ;
115 Je travaille à le perdre, et le perds à regret ;
Et de là prend son cours mon déplaisir secret.
Je vois avec chagrin que l'amour me contraigne[6]

---

1. *À démentir :* renier.
2. *Mais... s'engage :* je ne veux pas suivre une voie qui compromette ma gloire.
3. *La surprise des sens :* l'amour.
4. *Gênée :* torturée.
5. *Aimable :* digne d'être aimé.
6. *Me contraigne :* puisse me contraindre.

À pousser des soupirs pour ce que je dédaigne ;
Je sens en deux partis mon esprit divisé :
120 Si mon courage est haut, mon cœur est embrasé[1] ;
Cet hymen m'est fatal, je le crains et souhaite[2] :
Je n'ose en espérer qu'une joie imparfaite.
Ma gloire et mon amour ont pour moi tant d'appas,
Que je meurs s'il s'achève ou ne s'achève pas.

LÉONOR

125 Madame, après cela je n'ai rien à vous dire,
Sinon que de vos maux avec vous je soupire :
Je vous blâmais tantôt, je vous plains à présent ;
Mais puisque dans un mal si doux et si cuisant
Votre vertu combat et son charme et sa force,
130 En repousse l'assaut, en rejette l'amorce,
Elle rendra le calme à vos esprits flottants[3].
Espérez donc tout d'elle, et du secours du temps ;
Espérez tout du ciel : il a trop de justice
Pour laisser la vertu dans un si long supplice.

L'INFANTE

135 Ma plus douce espérance est de perdre l'espoir.

LE PAGE

Par vos commandements Chimène vous vient voir.

L'INFANTE, à Léonor.

Allez l'entretenir en cette galerie.

LÉONOR

Voulez-vous demeurer dedans[4] la rêverie ?

---

1. *Embrasé :* en proie à la passion.
2. *Et souhaite :* et le souhaite.
3. *Vos esprits flottants :* vos idées en désordre.
4. *Dedans :* dans.

L'INFANTE

Non, je veux seulement, malgré mon déplaisir,
140 Remettre[1] mon visage un peu plus à loisir.
Je vous suis. Juste ciel, d'où j'attends mon remède,
Mets enfin quelque borne au mal qui me possède :
Assure mon repos, assure mon honneur.
Dans le bonheur d'autrui je cherche mon bonheur :
145 Cet hyménée à trois également importe[2] ;
Rends son effet[3] plus prompt, ou mon âme plus forte.
D'un lien conjugal joindre ces deux amants,
C'est briser tous mes fers[4] et finir mes tourments.
Mais je tarde un peu trop : allons trouver Chimène,
150 Et par son entretien[5] soulager notre peine.

Une place publique devant le palais royal.

SCÈNE 3. LE COMTE, DON DIÈGUE.

LE COMTE

Enfin vous l'emportez, et la faveur du Roi
Vous élève en un rang[6] qui n'était dû qu'à moi :
Il vous fait gouverneur[7] du prince de Castille[8].

---

1. *Remettre :* rendre l'apparence du calme à.
2. *Cet hyménée... importe :* ce mariage est important pour trois personnes.
3. *Effet :* accomplissement.
4. *Mes fers :* liens de l'amour.
5. *Son entretien :* une conversation avec elle.
6. *En un rang :* à un rang.
7. *Gouverneur :* précepteur.
8. *Prince de Castille :* fils aîné du roi don Fernand.

DON DIÈGUE

Cette marque d'honneur qu'il met dans ma famille
155 Montre à tous qu'il est juste, et fait connaître assez
Qu'il sait récompenser les services passés.

LE COMTE

Pour grands que soient les rois, ils sont ce que nous
[sommes :
Ils peuvent se tromper comme les autres hommes ;
Et ce choix sert de preuve à tous les courtisans
160 Qu'ils savent mal payer les services présents.

DON DIÈGUE

Ne parlons plus d'un choix dont votre esprit s'irrite :
La faveur l'a pu faire autant que le mérite ;
Mais on doit ce respect au pouvoir absolu[1],
De n'examiner rien quand un roi l'a voulu.
165 À l'honneur qu'il m'a fait ajoutez-en un autre ;
Joignons d'un sacré nœud[2] ma maison et la vôtre :
Vous n'avez qu'une fille, et moi je n'ai qu'un fils ;
Leur hymen nous peut rendre à jamais plus qu'amis :
Faites-nous cette grâce, et l'acceptez pour gendre.

LE COMTE

170 À des partis plus hauts ce beau fils[3] doit prétendre ;
Et le nouvel éclat de votre dignité
Lui doit enfler le cœur d'une autre vanité.
Exercez-la[4], Monsieur, et gouvernez le Prince :

---

1. *Pouvoir absolu :* pouvoir illimité comme celui du roi de France qui tient son pouvoir de Dieu.
2. *Sacré nœud :* un lien sacré.
3. *Ce beau fils :* expression ironique du Comte, jugée familière à l'époque.
4. *Exercez-la :* exercez votre dignité, c'est-à-dire votre nouvelle charge de précepteur.

Montrez-lui comme[1] il faut régir une province,
175 Faire trembler partout les peuples sous sa loi,
Remplir les bons d'amour, et les méchants d'effroi.
Joignez à ces vertus[2] celles d'un capitaine[3] :
Montrez-lui comme il faut s'endurcir à la peine,
Dans le métier de Mars[4] se rendre sans égal,
180 Passer les jours entiers et les nuits à cheval,
Reposer tout armé, forcer une muraille,
Et ne devoir qu'à soi le gain d'une bataille.
Instruisez-le d'exemple[5], et rendez-le parfait,
Expliquant à ses yeux vos leçons par l'effet[6].

DON DIÈGUE

185 Pour s'instruire d'exemple, en dépit de l'envie[7],
Il lira seulement l'histoire de ma vie.
Là, dans un long tissu[8] de belles actions,
Il verra comme il faut dompter des nations,
Attaquer une place, ordonner[9] une armée,
190 Et sur de grands exploits bâtir sa renommée.

LE COMTE

Les exemples vivants sont d'un autre pouvoir[10],
Un prince dans un livre apprend mal son devoir.

---

1. *Comme :* comment.
2. *Vertus :* qualités.
3. *Capitaine :* chef de guerre.
4. *Métier de Mars :* le métier des armes. Mars, chez les Romains, était le dieu de la Guerre.
5. *Instruisez-le d'exemple :* montrez-lui l'exemple.
6. *L'effet :* l'exemple. Une leçon ne doit pas présenter seulement la théorie, elle doit aussi comporter des expériences.
7. *En dépit de l'envie :* malgré les envieux
8. *Tissu :* suite.
9. *Ordonner :* disposer en ordre de bataille.
10. *D'un autre pouvoir :* ont bien plus de pouvoir.

Et qu'a fait après tout ce grand nombre d'années,
Que ne puisse égaler une de mes journées[1] ?
195 Si vous fûtes vaillant, je le suis aujourd'hui,
Et ce bras du royaume est le plus ferme appui[2].
Grenade et l'Aragon[3] tremblent quand ce fer brille ;
Mon nom sert de rempart à toute la Castille :
Sans moi, vous passeriez bientôt sous d'autres lois,
200 Et vous auriez bientôt vos ennemis pour rois.
Chaque jour, chaque instant, pour rehausser ma gloire,
Met lauriers sur lauriers, victoire sur victoire :
Le Prince à mes côtés ferait dans les combats
L'essai de son courage à l'ombre de[4] mon bras ;
205 Il apprendrait à vaincre en me regardant faire
Et pour répondre en hâte à son grand caractère[5],
Il verrait...

DON DIÈGUE

Je le sais, vous servez bien le Roi :
Je vous ai vu combattre et commander sous moi[6].
Quand l'âge dans mes nerfs[7] a fait couler sa glace,
210 Votre rare valeur a bien rempli ma place ;
Enfin, pour épargner les discours superflus,
Vous êtes aujourd'hui ce qu'autrefois je fus.

---

1. *Journées* : jours de bataille.
2. *Et ce bras ... appui* : et ce bras est le plus ferme appui du royaume.
3. *Grenade et l'Aragon* : royaumes indépendants au XIe siècle et ennemis de la Castille. Grenade était musulman et l'Aragon catholique.
4. *À l'ombre de* : à l'abri de.
5. *Et pour répondre ... caractère* : pour se montrer à la mesure de son rôle de futur roi.
6. *Sous moi* : sous mes ordres.
7. *Nerfs* : muscles.

Vous voyez toutefois qu'en cette concurrence[1]
Un monarque entre nous met quelque différence.

LE COMTE

215 Ce que je méritais, vous l'avez emporté.

DON DIÈGUE

Qui l'a gagné sur vous l'avait mieux mérité.

LE COMTE

Qui peut mieux l'exercer en est bien le plus digne.

DON DIÈGUE

En être refusé[2] n'en est pas un bon signe.

LE COMTE

Vous l'avez eu par brigue, étant vieux courtisan[3].

DON DIÈGUE

220 L'éclat de mes hauts faits fut mon seul partisan[4].

LE COMTE

Parlons-en mieux, le Roi fait honneur à votre âge.

DON DIÈGUE

Le Roi, quand il en fait, le[5] mesure au courage.

LE COMTE

Et par là cet honneur n'était dû qu'à mon bras.

DON DIÈGUE

Qui n'a pu l'obtenir ne le méritait pas.

LE COMTE

225 Ne le méritait pas ! moi ?

---

1. *Concurrence :* compétition.
2. *En être refusé :* se le voir refusé.
3. *Courtisan :* homme de cour.
4. *Partisan :* atout.
5. *En, le :* renvoient à « honneur ».

41

DON DIÈGUE

Vous.

LE COMTE

Ton impudence,

Téméraire vieillard, aura sa récompense.

(Il lui donne un soufflet[1].)

DON DIÈGUE, *mettant l'épée à la main.*

Achève, et prends ma vie, après un tel affront,

Le premier dont ma race ait vu rougir son front.

LE COMTE

Et que penses-tu faire avec tant de faiblesse ?

DON DIÈGUE

230 Ô Dieu ! ma force usée en ce besoin[2] me laisse !

LE COMTE

Ton épée est à moi[3] ; mais tu serais trop vain[4],

Si ce honteux trophée avait chargé ma main.

Adieu : fais lire au Prince, en dépit de l'envie,

Pour son instruction, l'histoire de ta vie :

235 D'un insolent discours ce juste châtiment

Ne lui servira pas d'un[5] petit ornement.

---

1. *Soufflet :* gifle.
2. *En ce besoin :* en cette situation critique.
3. *Ton épée est à moi :* le Comte a fait tomber l'épée de don Diègue d'un revers de main.
4. *Tu serais trop vain :* tu serais trop fier.
5. *D'un :* de.

Acte 1 Scènes 2 et 3

LES PERSONNAGES

1. Qui est l'Infante ? Relevez deux vers qui résument la difficulté de sa situation.

2. Quel sentiment le Comte éprouve-t-il au début de la scène 3 ? Pourquoi ?

3. Quelle est l'attitude de Don Diègue jusqu'au vers 214 ? Pourquoi le ton monte-t-il à partir de ce moment-là ?

4. Faites un relevé précis des reproches que s'adressent les deux gentilshommes à partir du vers 215. Que pensez-vous de cet échange de paroles ? Dressez un bref portrait de Don Diègue et du Comte en citant quelques vers caractéristiques. Comment apparaît le Roi à travers cette discussion ? Commentez le vers 157.

5. Vers qui va la sympathie du spectateur ? Pourquoi ?

6. Quel effet produit l'impératif dans la tirade du Comte (vers 170-184) ?

L'INTÉRÊT DRAMATIQUE

7. Citez les moments clés de ces deux scènes et donnez-leur un titre.

8. Pourquoi le Comte et Don Diègue se disputent-ils ? Qui prend l'initiative de cette dispute ?

9. Expliquez les vers 161-162. Montrez qu'ils essaient de calmer la colère du Comte.

10. Quelles seront les conséquences de la dispute pour Rodrigue et Chimène ? Citez le texte.

L'EXPRESSION

11. À quel moment le Comte commence-t-il à tutoyer Don Diègue ? Que signifie ce passage à la deuxième personne ?

12. Relevez quelques mots appartenant au champ lexical de la bravoure. Pourquoi ce vocabulaire est-il particulièrement riche dans cette scène ?

13. Que signifie le verbe « mériter » dans les vers 215 à 225 ?

14. Qu'est-ce qu'un « affront » (v. 227) ?

SCÈNE 4. DON DIÈGUE.

Ô rage ! ô désespoir ! ô vieillesse ennemie !
N'ai-je donc tant vécu que pour cette infamie ?
Et ne suis-je blanchi[1] dans les travaux guerriers[2]
240 Que pour voir en un jour flétrir tant de lauriers ?
Mon bras, qu'avec respect toute l'Espagne admire,
Mon bras, qui tant de fois a sauvé cet empire[3],
Tant de fois affermi le trône de son roi,
Trahit donc ma querelle[4], et ne fait rien pour moi ?
245 Ô cruel souvenir de ma gloire passée !
Œuvre de tant de jours en un jour effacée !
Nouvelle dignité, fatale à mon bonheur !
Précipice[5] élevé d'où tombe mon honneur !
Faut-il de votre éclat voir triompher le Comte,
250 Et mourir sans vengeance, ou vivre dans la honte ?
Comte, sois de mon prince à présent gouverneur :
Ce haut rang n'admet point un homme sans honneur ;
Et ton jaloux orgueil, par cet affront insigne,
Malgré le choix du Roi, m'en a su rendre indigne.
255 Et toi, de mes exploits glorieux instrument,
Mais d'un corps tout de glace[6] inutile ornement,
Fer[7], jadis tant à craindre et qui, dans cette offense,
M'a servi de parade[8], et non pas de défense[9],

---

1. *Ne suis-je blanchi* : n'ai-je vieilli.
2. *Travaux guerriers* : batailles.
3. *Cet empire* : ce royaume.
4. *Trahit donc ma querelle* : ne soutient donc pas ma cause.
5. *Précipice* : hauteur, lieu élevé d'où l'on tombe.
6. *Tout de glace* : glacé par les ans (cf. vers 209).
7. *Fer* : épée.
8. *Parade* : parure inutile.
9. *De défense* : d'arme pour me défendre.

Va, quitte désormais le dernier des humains,
260 Passe, pour me venger, en de meilleures mains.

Jean Davy (Don Diègue) dans la mise en scène
de Marcelle Tassencourt.
Festival de Versailles, Grand Trianon, juin 1984.

SCÈNE 5. DON DIÈGUE, DON RODRIGUE.

DON DIÈGUE

Rodrigue, as-tu du cœur ?

DON RODRIGUE

          Tout autre que mon père
L'éprouverait sur l'heure.

DON DIÈGUE

          Agréable colère !
Digne ressentiment[1] à ma douleur bien doux !
Je reconnais mon sang à ce noble courroux[2] ;
265 Ma jeunesse revit en cette ardeur si prompte
Viens, mon fils, viens, mon sang, viens réparer[3]

                  [ma honte ;

Viens me venger.

DON RODRIGUE

De quoi ?

DON DIÈGUE

          D'un affront si cruel,
Qu'à l'honneur de tous deux il porte un coup mortel :
D'un soufflet. L'insolent en eût perdu la vie ;
270 Mais mon âge a trompé ma généreuse envie :
Et ce fer que mon bras ne peut plus soutenir[4],
Je le remets au tien pour venger et punir.
Va contre un arrogant éprouver ton courage :
Ce n'est que dans le sang qu'on lave un tel outrage ;

---

1. *Digne ressentiment :* noble réaction.
2. *Courroux :* colère.
3. *Réparer :* effacer.
4. *Et ce fer... soutenir :* cette épée que mon bras ne peut plus lever.

275 Meurs ou tue. Au surplus, pour ne te point flatter[1],
Je te donne à combattre un homme à redouter :
Je l'ai vu, tout couvert de sang et de poussière,
Porter partout l'effroi dans une armée entière.
J'ai vu par sa valeur cent escadrons rompus[2] ;
280 Et pour t'en dire encor quelque chose de plus,
Plus que brave soldat, plus que grand capitaine,
C'est...

DON RODRIGUE

De grâce, achevez.

DON DIÈGUE

Le père de Chimène.

DON RODRIGUE

Le...

DON DIÈGUE

Ne réplique point, je connais ton amour ;
Mais qui peut vivre infâme est indigne du jour.
285 Plus l'offenseur est cher, et plus grande est l'offense.
Enfin tu sais l'affront, et tu tiens la vengeance[3].
Je ne te dis plus rien. Venge-moi, venge-toi ;
Montre-toi digne fils d'un père tel que moi.
Accablé des malheurs où le destin me range[4],
290 Je vais les déplorer[5] : va, cours, vole, et nous venge.

---

1. *Flatter* : induire en erreur.
2. *Rompus* : mis en déroute.
3. *Tu tiens la vengeance* : tu as la possibilité de me venger.
4. *Où le destin me range* : auxquels le destin me réduit.
5. *Déplorer* : pleurer sur.

SCÈNE 6. DON RODRIGUE.

Percé jusques au fond du cœur
D'une atteinte imprévue aussi bien que mortelle,
Misérable[1], vengeur d'une juste querelle,
Et malheureux objet d'une injuste rigueur,
295 Je demeure immobile, et mon âme abattue
Cède au coup[2] qui me tue.
Si près de voir mon feu récompensé,
Ô Dieu, l'étrange[3] peine !
En cet affront mon père est l'offensé,
300 Et l'offenseur le père de Chimène !
Que je sens de rudes combats !
Contre mon propre honneur mon amour s'intéresse[4] :
Il faut venger un père, et perdre une maîtresse :
L'un m'anime le cœur[5], l'autre retient mon bras.
305 Réduit au triste choix ou de trahir ma flamme,
Ou de vivre en infâme,
Des deux côtés mon mal est infini.
Ô Dieu, l'étrange peine !
Faut-il laisser un affront impuni ?
310 Faut-il punir le père de Chimène ?
Père, maîtresse, honneur, amour,
Noble et dure contrainte, aimable tyrannie,
Tous mes plaisirs sont morts, ou ma gloire ternie.
L'un me rend malheureux, l'autre indigne du jour.

1. *Misérable :* digne de pitié.
2. *Cède au coup :* fléchit sous le coup.
3. *Étrange :* terrible.
4. *S'intéresse :* prend parti contre.
5. *M'anime le cœur :* me donne du courage.

315 Cher et cruel espoir d'une âme généreuse[1],
      Mais ensemble[2] amoureuse,
   Digne ennemi de mon plus grand bonheur,
      Fer qui cause ma peine,
   M'es-tu donné pour venger mon honneur ?
320   M'es-tu donné pour perdre ma Chimène ?
      Il vaut mieux courir au trépas[3].
Je dois[4] à ma maîtresse aussi bien qu'à mon père :
J'attire en me vengeant sa haine et sa colère ;
J'attire ses mépris en ne me vengeant pas.
325 À mon plus doux espoir l'un me rend infidèle,
      Et l'autre indigne d'elle.
   Mon mal augmente à le vouloir guérir[5] ;
      Tout redouble ma peine.
   Allons, mon âme ; et puisqu'il faut mourir,
330   Mourons du moins sans offenser Chimène.
      Mourir sans tirer ma raison[6] !
Rechercher un trépas si mortel à ma gloire !
Endurer[7] que l'Espagne impute à ma mémoire[8]
D'avoir mal soutenu l'honneur de ma maison !
335 Respecter un amour dont mon âme égarée
      Voit la perte assurée !
   N'écoutons plus ce penser suborneur[9],

---

1. *Cher ... généreuse :* Rodrigue s'adresse à l'épée que lui a donnée son père (cf. vers 260).
2. *Ensemble :* en même temps.
3. *Au trépas :* mort.
4. *Je dois :* j'ai des obligations, des devoirs.
5. *À le vouloir guérir :* quand je cherche à le guérir.
6. *Tirer ma raison :* obtenir réparation de l'offense.
7. *Endurer :* supporter.
8. *Impute à ma mémoire :* m'accuse dans le souvenir qu'elle gardera.
9. *Ce penser suborneur :* cette pensée trompeuse, qui détourne du devoir.

Qui ne sert qu'à ma peine.
Allons, mon bras, sauvons du moins l'honneur,
340   Puisqu'après tout il faut perdre Chimène.
Oui, mon esprit s'était déçu[1].
Je dois tout à mon père avant qu'à ma maîtresse :
Que je meure au combat, ou meure de tristesse,
Je rendrai mon sang pur comme je l'ai reçu.
345 Je m'accuse déjà de trop de négligence :
Courons à la vengeance ;
Et tout honteux d'avoir tant balancé,
Ne soyons plus en peine,
Puisqu'aujourd'hui mon père est l'offensé,
350   Si l'offenseur est père de Chimène.

---

1. *Déçu :* trompé.

Acte I Scènes 4, 5 et 6

LA TIRADE DE DON DIÈGUE

1. Que nous révèle le vers 237 des sentiments éprouvés par Don Diègue ?

2. Par quel procédé de style Corneille suggère-t-il l'émotion de Don Diègue ?

3. Comment s'appelle une scène dans laquelle ne s'exprime qu'un seul personnage ? Consultez le lexique situé à la page 203.

4. Montrez, en faisant référence au texte, que la pensée de Don Diègue évolue au cours de cette scène.

L'HONNEUR À L'ÉPREUVE

5. Comment Don Diègue aborde-t-il Rodrigue ? Qu'espère-t-il ? Comment réagit Rodrigue ?

6. Que signifie le mot « honneur » au vers 268 ?

7. Relevez tous les mots se rapportant au vocabulaire de l'honneur dans la scène 5. Donnez-en une définition exacte.

8. Quels sentiments successifs les répliques de Rodrigue traduisent-elles dans la scène 5 ?

LA MISE EN SCÈNE

9. Comment voyez-vous l'acteur jouant Don Diègue (sc. 4) ? Reste-t-il immobile ? Doit-il plutôt marcher ? Quels gestes peut-il faire ? Où dirige-t-il son regard ? Pourquoi ?

UNE SCÈNE D'INTROSPECTION

10. Le mot « introspection » vient du latin *introspicere*, qui signifie « regarder à l'intérieur ». Pourquoi peut-on dire que la

scène 6 est une scène d'introspection ? En quoi cette scène fait-elle avancer l'action ?

11. Pourquoi la situation de Rodrigue est-elle tragique ?

12. Comment comprenez-vous ses hésitations ? A-t-il peur ? Calcule-t-il son intérêt ? Est-il déchiré ? Citez le texte à l'appui de votre réponse.

13. Quel sentiment l'emporte à la fin de la scène 6 ? Que nous révèle la décision de Rodrigue sur la personnalité de ce jeune héros ?

L'ART DE CORNEILLE

14. La scène 6 présente une succession de six « stances » (voir p. 205). Faites une remarque sur la largeur des vers. À quel genre littéraire sont empruntées ces particularités ?

15. Comparez le ton de la scène 6 à celui de la scène 5.

Questions sur l'ensemble de l'acte I

LA COMPOSITION ET LE VERS CORNÉLIEN

1. Résumez les six scènes de l'acte I en suivant ce plan :
1ʳᵉ partie : situation de départ et présentation des personnages ;
2ᵉ partie : la discorde ;
3ᵉ partie : l'amorce du drame.

2. Décomposez le rythme des vers 37, 157, 237 et 290, en les lisant à haute voix.

LES PERSONNAGES

3. Faites la liste des personnages qui nous sont présentés au cours de cet acte. Quels sont les absents ? À votre avis, pourquoi Corneille laisse-t-il ces personnages dans l'ombre ?

4. Chimène, Rodrigue, Don Diègue et le Comte présentent quatre versions du héros cornélien : dressez, à partir de ce que vous savez d'eux maintenant, le portrait type de ce héros.

L'ACTION, LE TEMPS ET LE LIEU

5. Comment Corneille fait-il monter la tension dramatique ?
Référez-vous à la composition de l'acte et étudiez les changements de rythme.

6. Quelles sont, à votre avis, les scènes inutiles à l'action ?
Argumentez votre point de vue.

7. Quels obstacles rencontre l'amour de Chimène ? Celui de Rodrigue ? Et de l'Infante ? Ces difficultés seraient-elles insurmontables de nos jours ? Justifiez votre réponse à l'aide d'un ou deux exemples empruntés à vos connaissances (livres, films) ou à l'actualité.

8. En vous reportant aux vers 25 et 192, donnez une exacte définition de l'idée de « devoir » dans la langue de Corneille.

9. Dressez la liste des lieux successifs où nous transporte l'acte I.

10. Si vous étiez metteur en scène, comment feriez-vous pour matérialiser les changements de lieu sur la scène ?

Chimène (Jany Gastaldi) dans une mise en scène
de Francis Huster au théâtre du Rond-Point, 1985.

Acte II

Une salle du palais.

SCÈNE PREMIÈRE. DON ARIAS, LE COMTE.

LE COMTE

Je l'avoue entre nous, mon sang un peu trop chaud
S'est trop ému d'un mot et l'a porté trop haut[1] ;
Mais puisque c'en est fait, le coup est sans remède.

DON ARIAS

Qu'aux volontés du Roi ce grand courage cède :
355 Il y[2] prend grande part, et son cœur irrité
Agira contre vous de pleine autorité.
Aussi vous n'avez point de valable défense :
Le rang de l'offensé, la grandeur de l'offense,
Demandent des devoirs et des submissions[3]
360 Qui passent le commun des satisfactions[4].

LE COMTE

Le Roi peut à son gré disposer de ma vie.

DON ARIAS

De trop d'emportement votre faute est suivie.
Le Roi vous aime encore ; apaisez son courroux.
Il a dit : « Je le veux » ; désobéirez-vous ?

---

1. *l'a porté trop haut* : a montré trop d'orgueil.
2. *Y* : à cette affaire.
3. *Submissions* : preuves de soumission.
4. *Qui passent ... satisfactions* : qui dépassent les réparations normalement dues à une personne que l'on a offensée.

LE COMTE

365 Monsieur, pour conserver tout ce que j'ai d'estime[1],
Désobéir un peu n'est pas un si grand crime ;
Et quelque grand qu'il soit[2], mes services présents
Pour le faire abolir[3] sont plus que suffisants.

DON ARIAS

Quoi qu'on fasse d'illustre et de considérable[4],
370 Jamais à son sujet un roi n'est redevable.
Vous vous flattez beaucoup, et vous devez savoir
Que qui sert bien son roi ne fait que son devoir.
Vous vous perdrez, Monsieur, sur[5] cette confiance.

LE COMTE

Je ne vous en[6] croirai qu'après l'expérience.

DON ARIAS

375 Vous devez redouter la puissance d'un roi.

LE COMTE

Un jour seul ne perd pas un homme tel que moi.
Que toute sa grandeur[7] s'arme pour mon supplice,
Tout l'État périra, s'il faut que je périsse.

DON ARIAS

Quoi ! vous craignez si peu le pouvoir souverain...

LE COMTE

380 D'un sceptre[8] qui sans moi tomberait de sa main.

---

1. *Estime :* réputation.
2. *Et quelque grand qu'il soit :* quelque grand que soit ce crime.
3. *Abolir :* amnistier, pardonner officiellement.
4. *Considérable :* qui mérite la considération.
5. *Sur :* en vous reposant sur.
6. *En :* à ce sujet.
7. *Sa grandeur :* l'État.
8. *D'un sceptre :* ce vers continue le précédent.

Il[1] a trop d'intérêt lui-même en ma personne,
Et ma tête en tombant ferait choir[2] sa couronne.

DON ARIAS

Souffrez que la raison remette vos esprits.
Prenez un bon conseil[3].

LE COMTE

Le conseil en est pris.

DON ARIAS

385 Que lui dirai-je enfin ? je lui dois rendre conte[4].

LE COMTE

Que je ne puis du tout consentir à ma honte[5].

DON ARIAS

Mais songez que les rois veulent être absolus.

LE COMTE

Le sort en est jeté, Monsieur, n'en parlons plus.

DON ARIAS

Adieu donc, puisqu'en vain je tâche à vous résoudre[6]
390 Avec tous vos lauriers, craignez encor le foudre[7].

LE COMTE

Je l'attendrai sans peur.

---

1. *Il* : le roi.
2. *Choir* : tomber.
3. *Bon conseil* : une sage décision.
4. *Rendre conte* : rendre compte, faire un rapport.
5. *Consentir à ma honte* : accepter de me déshonorer en faisant mes excuses à don Diègue.
6. *Je tâche à vous résoudre* : je m'efforce de vous convaincre.
7. *Avec tous ... le foudre* : selon une croyance antique, le laurier protégeait de la foudre. Ici, laurier = symbole de la victoire, foudre = colère du roi.

DON ARIAS

Mais non pas sans effet[1].

LE COMTE

Nous verrons donc par là don Diègue satisfait.

(Il est seul.)

Qui ne craint point la mort ne craint point les menaces.

J'ai le cœur au-dessus des plus fières[2] disgrâces ;

395 Et l'on peut me réduire à vivre sans bonheur,

Mais non pas me résoudre à vivre sans honneur.

La place devant le palais royal.

SCÈNE 2. LE COMTE, DON RODRIGUE.

DON RODRIGUE

À moi, Comte, deux mots.

LE COMTE

Parle.

DON RODRIGUE

Ôte-moi d'un doute[3].

Connais-tu bien don Diègue ?

LE COMTE

Oui.

---

1. *Sans effet :* sans que le roi manifeste effectivement sa colère.
2. *Fières :* cruelles.
3. *Ôte-moi d'un doute :* enlève-moi un doute.

DON RODRIGUE

Parlons bas[1] ;

[écoute.

Sais-tu que ce vieillard fut la même vertu[2],
400 La vaillance et l'honneur de son temps ? le sais-tu ?

LE COMTE

Peut-être.

DON RODRIGUE

Cette ardeur[3] que dans les yeux je porte,
Sais-tu que c'est son sang ? le sais-tu ?

LE COMTE

Que m'importe ?

DON RODRIGUE

À quatre pas d'ici je te le fais savoir.

LE COMTE

Jeune présomptueux !

DON RODRIGUE

Parle sans t'émouvoir[4].

405 Je suis jeune, il est vrai ; mais aux âmes bien nées[5]
La valeur n'attend point le nombre des années.

LE COMTE

Te mesurer à moi ! qui t'a rendu si vain[6],
Toi qu'on n'a jamais vu les armes à la main ?

---

1. *Parlons bas* : dans la pièce espagnole, Chimène assistait à la
provocation, c'est pourquoi Rodrigue baissait le ton.
2. *La même vertu* : le courage personnifié.
3. *Cette ardeur* : cette vivacité.
4. *Émouvoir* : te mettre en colère.
5. *Bien nées* : nobles.
6. *Vain* : orgueilleux.

DON RODRIGUE

Mes pareils à deux fois ne se font point connaître[1],
410 Et pour leurs coups d'essai veulent des coups de maître.

LE COMTE

Sais-tu bien qui je suis ?

DON RODRIGUE

           Oui ; tout autre que moi
Au seul bruit de ton nom pourrait trembler d'effroi.
Les palmes[2] dont je vois ta tête si couverte
Semblent porter écrit le destin de ma perte.
415 J'attaque en téméraire un bras toujours vainqueur ;
Mais j'aurai trop de force, ayant assez de cœur.
À qui venge son père il n'est rien impossible.
Ton bras est invaincu, mais non pas invincible.

LE COMTE

Ce grand cœur qui paraît aux discours que tu tiens,
420 Par tes yeux, chaque jour, se découvrait aux miens[3] ;
Et croyant voir en toi l'honneur de la Castille,
Mon âme avec plaisir te destinait ma fille.
Je sais ta passion[4], et suis ravi de voir
Que tous ses mouvements[5] cèdent à ton devoir ;
425 Qu'ils n'ont point affaibli cette ardeur magnanime[6] ;
Que ta haute vertu répond à mon estime ;
Et que, voulant pour gendre un cavalier parfait,

---

1. *À deux fois ne se font point connaître :* n'ont pas besoin de deux occasions pour prouver leur valeur.
2. *Palmes :* lauriers d'un général vainqueur.
3. *Aux miens :* à mes yeux.
4. *Je sais ta passion :* je connais ton amour.
5. *Ses mouvements :* ses élans.
6. *Magnanime :* généreux.

Je ne me trompais point au choix[1] que j'avais fait ;
Mais je sens que pour toi ma pitié s'intéresse[2] ;
430 J'admire ton courage, et je plains ta jeunesse.
Ne cherche point à faire un coup d'essai fatal ;
Dispense ma valeur d'un combat inégal ;
Trop peu d'honneur pour moi suivrait cette victoire.
À vaincre sans péril, on triomphe sans gloire.
435 On te croirait toujours abattu sans effort ;
Et j'aurais seulement le regret de ta mort.

DON RODRIGUE

D'une indigne pitié ton audace est suivie :
Qui m'ose ôter l'honneur craint de m'ôter la vie ?

LE COMTE

Retire-toi d'ici.

DON RODRIGUE

Marchons sans discourir[3].

LE COMTE

440 Es-tu si las de vivre ?

DON RODRIGUE

As-tu peur de mourir ?

LE COMTE

Viens, tu fais ton devoir, et le fils dégénère
Qui survit un moment à l'honneur de son père.

---

1. *Au choix* : dans le choix.
2. *Ma pitié s'intéresse* : j'éprouve de la pitié.
3. *Sans discourir* : sans bavarder plus longtemps.

Acte II Scènes 1 et 2

L'ACTION ET LE LIEU

1. Quelle est la mission de Don Arias dans la scène 1 ? Réussit-il à influencer le Comte ? Pourquoi ? De quelle manière cet épisode fait-il avancer l'action ?

2. Où se passe la scène 2 ? À quel moment l'espace scénique est-il le plus réduit entre Rodrigue et le Comte ? Que suggère ce rapprochement ?

LES PERSONNAGES

3. Relevez dans la scène 1 un vers dans lequel le Comte affiche son indépendance à l'égard du Roi. Dans quel vers cette indépendance frise-t-elle le mépris ? Que pense Don Arias du pouvoir royal ? Citez le texte à l'appui de votre réponse.

4. Relevez dans la scène 2 quelques vers montrant l'exaltation de Rodrigue.

5. Quels arguments successifs le Comte présente-t-il dans les vers 419 à 436 pour calmer la colère de Rodrigue ? Expliquez la réaction du jeune homme dans les vers 437-438.

LES IDÉES ET L'EXPRESSION

6. Pourquoi Rodrigue répète-t-il deux fois « le sais-tu » dans les vers 400 et 402 ? Quel sentiment traduisent les interrogations dans la première partie de la scène 2 ?

7. Comment comprenez-vous les vers 405-406 ?

8. Quelles seront les conséquences du duel si le Comte tue Rodrigue ? Si Rodrigue tue le Comte ?

9. La figure de style utilisée dans le vers 418 est-elle une antithèse ou une alliance de mots ? Quelle différence faites-vous entre ces deux figures ? Informez-vous dans un dictionnaire en cas de besoin.

10. Trouvez dans la tirade du Comte un vers présentant une antithèse. Pourquoi cette figure est-elle particulièrement expressive ?

Chez l'Infante.

SCÈNE 3. L'INFANTE, CHIMÈNE, LÉONOR.

L'Infante

Apaise, ma Chimène, apaise ta douleur :
Fais agir ta constance en ce coup de malheur.
445 Tu reverras le calme après ce faible orage ;

Françoise Spira (Chimène), Lucienne Lemarchand (Léonor)
et Jeanne Moreau (l'Infante) dans une mise en scène
de Jean Vilar (Avignon, 1951).

63

Ton bonheur n'est couvert que d'un peu de nuage,
Et tu n'as rien perdu pour le voir différer.

CHIMÈNE

Mon cœur outré d'ennuis[1] n'ose rien espérer.
Un orage si prompt qui trouble une bonace[2]
450 D'un naufrage certain nous porte la menace :
Je n'en saurais douter, je péris dans le port[3].
J'aimais, j'étais aimée, et nos pères d'accord ;
Et je vous en contais la charmante nouvelle
Au malheureux moment que[4] naissait leur querelle,
455 Dont le récit fatal, sitôt qu'on vous l'a fait,
D'une si douce attente a ruiné l'effet[5].
Maudite ambition, détestable manie[6],
Dont les plus généreux souffrent[7] la tyrannie !
Honneur impitoyable[8] à mes plus chers désirs,
460 Que tu me vas coûter de pleurs et de soupirs !

L'INFANTE

Tu n'as dans leur querelle aucun sujet de craindre :
Un moment l'a fait naître, un moment va l'éteindre.
Elle a fait trop de bruit pour ne pas s'accorder[9],
Puisque déjà le Roi les veut accommoder[10] ;
465 Et tu sais que mon âme, à tes ennuis sensible,
Pour en tarir la source y[11] fera l'impossible.

---

1. *Outré d'ennuis* : accablé de douleurs.
2. *Bonace* : calme en mer.
3. *Dans le port* : au moment où je croyais avoir atteint le bonheur.
4. *Que* : où.
5. *Effet* : réalisation.
6. *Manie* : folie. Chimène parle de l'honneur.
7. *Souffrent* : subissent.
8. *Impitoyable* : sans pitié pour.
9. *S'accorder* : se résoudre de manière pacifique.
10. *Accommoder* : mettre d'accord, réconcilier.
11. *Y* : en cette circonstance.

CHIMÈNE

Les accommodements ne font rien en ce point :
De si mortels affronts[1] ne se réparent point.
En vain on fait agir la force ou la prudence[2] :
470 Si l'on guérit le mal, ce n'est qu'en apparence.
La haine que les cœurs conservent au-dedans
Nourrit des feux[3] cachés, mais d'autant plus ardents.

L'INFANTE

Le saint nœud[4] qui joindra don Rodrigue et Chimène
Des pères ennemis dissipera la haine ;
475 Et nous verrons bientôt votre amour le plus fort
Par un heureux hymen étouffer ce discord[5].

CHIMÈNE

Je le souhaite ainsi plus que je ne l'espère :
Don Diègue est trop altier[6], et je connais mon père.
Je sens couler des pleurs que je veux retenir ;
480 Le passé me tourmente, et je crains l'avenir.

L'INFANTE

Que crains-tu ? d'un vieillard l'impuissante faiblesse ?

CHIMÈNE

Rodrigue a du courage.

L'INFANTE

                    Il a trop de jeunesse.

CHIMÈNE

Les hommes valeureux le sont du premier coup.

---

1. *Affronts :* insultes.
2. *Prudence :* sagesse.
3. *Feux :* ici, passion violente.
4. *Saint nœud :* le lien du mariage.
5. *Discord :* discorde.
6. *Altier :* orgueilleux.

L'Infante

Tu ne dois pas pourtant le redouter beaucoup :
485 Il est trop amoureux pour te vouloir déplaire,
Et deux mots de ta bouche arrêtent sa colère.

Chimène

S'il ne m'obéit point, quel comble à mon ennui !
Et s'il peut m'obéir, que dira-t-on de lui ?
Étant né ce qu'il est, souffrir un tel outrage !
490 Soit qu'il cède ou résiste au feu qui me l'engage[1],
Mon esprit ne peut qu'être ou honteux ou confus[2],
De son trop de respect, ou d'un juste refus.

L'Infante

Chimène a l'âme haute, et quoique intéressée[3],
Elle ne peut souffrir une basse[4] pensée ;
495 Mais si jusques au jour de l'accommodement
Je fais mon prisonnier de ce parfait amant,
Et que j'empêche ainsi l'effet de son courage[5],
Ton esprit amoureux n'aura-t-il point d'ombrage ?

Chimène

Ah ! Madame, en ce cas je n'ai plus de souci.

---

1. *Me l'engage :* qui l'attache à moi.
2. *Confus :* bouleversé.
3. *Intéressée :* concernée.
4. *Basse :* lâche.
5. *Et que j'empêche... courage :* et que je l'empêche de se battre.

SCÈNE 4. L'INFANTE, CHIMÈNE, LÉONOR, LE PAGE.

L'INFANTE

500 Page, cherchez Rodrigue, et l'amenez ici.

LE PAGE

Le comte de Gormas et lui...

CHIMÈNE

Bon Dieu ! je tremble.

L'INFANTE

Parlez.

LE PAGE

De ce palais ils sont sortis ensemble.

CHIMÈNE

Seuls ?

LE PAGE

Seuls, et qui semblaient tout bas se quereller.

CHIMÈNE

Sans doute[1], ils sont aux mains, il n'en faut plus parler[2].
505 Madame, pardonnez à cette promptitude[3].

---

1. *Sans doute :* il est certain.
2. *Il n'en faut plus parler :* il ne faut plus parler de la solution que vous me proposiez.
3. *Pardonnez à cette promptitude :* pardonnez-moi de me retirer si vite.

SCÈNE 5. L'INFANTE, LÉONOR.

L'Infante

Hélas ! que dans l'esprit je sens d'inquiétude !
Je pleure ses malheurs, son amant me ravit ;
Mon repos m'abandonne, et ma flamme revit.
Ce qui va séparer Rodrigue de Chimène
510 Fait renaître à la fois mon espoir et ma peine ;
Et leur division[1], que je vois à regret,
Dans mon esprit charmé jette un plaisir secret.

Léonor

Cette haute vertu qui règne dans votre âme
Se rend-elle sitôt[2] à cette lâche flamme ?

L'Infante

515 Ne la nomme point lâche, à présent que chez moi
Pompeuse[3] et triomphante, elle me fait la loi :
Porte-lui du respect, puisqu'elle m'est si chère.
Ma vertu la combat, mais malgré moi j'espère ;
Et d'un si fol espoir mon cœur mal défendu[4]
520 Vole après un amant que Chimène a perdu.

Léonor

Vous laissez choir ainsi ce glorieux courage,
Et la raison chez vous perd ainsi son usage[5] ?

---

1. *Division :* séparation.
2. *Se rend-elle sitôt :* cède-t-elle si vite.
3. *Pompeuse :* majestueuse.
4. *Et d'un si fol espoir mon cœur mal défendu :* et mon cœur qui
se défend si mal contre un espoir aussi insensé.
5. *Son usage :* son pouvoir.

L'INFANTE

Ah ! qu'avec peu d'effet[1] on entend la raison,
Quand le cœur est atteint d'un si charmant poison !
525 Et lorsque le malade aime sa maladie,
Qu'il a peine à souffrir que l'on y remédie !

LÉONOR

Votre espoir vous séduit[2], votre mal vous est doux ;
Mais enfin ce Rodrigue est indigne de vous.

L'INFANTE

Je ne le sais que trop ; mais si ma vertu cède,
530 Apprends comme[3] l'amour flatte[4] un cœur qu'il possède.
Si Rodrigue une fois sort vainqueur du combat,
Si dessous sa valeur ce grand guerrier s'abat[5],
Je puis en faire cas[6], je puis l'aimer sans honte.
Que ne fera-t-il point, s'il peut vaincre le Comte ?
535 J'ose m'imaginer qu'à ses moindres exploits
Les royaumes entiers tomberont sous ses lois ;
Et mon amour flatteur[7] déjà me persuade
Que je le vois assis au trône de Grenade,
Les Mores[8] subjugués trembler en l'adorant,
540 L'Aragon recevoir ce nouveau conquérant,

---

1. *Effet :* résultat.
2. *Vous séduit :* vous induit en erreur.
3. *Comme :* comment.
4. *Flatte :* induit en erreur.
5. *Si dessous sa valeur ce grand guerrier s'abat :* si, par la qualité de Rodrigue, le Comte est abattu.
6. *Je puis en faire cas :* je peux m'intéresser à lui.
7. *Flatteur :* qui me berce d'espoir.
8. *Les Mores (ou Maures) :* ennemis de la Castille. Berbères venus d'Afrique du Nord, ils ont envahi une grande partie de l'Espagne en 712.

Le Portugal[1] se rendre, et ses nobles journées[2]
Porter delà les mers ses hautes destinées,
Du sang des Africains arroser ses lauriers :
Enfin tout ce qu'on dit des plus fameux guerriers,
545 Je l'attends de Rodrigue après cette victoire,
Et fais de son amour[3] un sujet de ma gloire.

LÉONOR

Mais, Madame, voyez où vous portez son bras[4],
Ensuite[5] d'un combat qui peut-être n'est pas.

L'INFANTE

Rodrigue est offensé ; le Comte a fait l'outrage ;
550 Ils sont sortis ensemble : en faut-il davantage ?

LÉONOR

Eh bien ! ils se battront, puisque vous le voulez ;
Mais Rodrigue ira-t-il si[6] loin que vous allez ?

L'INFANTE

Que veux-tu ? je suis folle, et mon esprit s'égare :
Tu vois par là quels maux cet amour me prépare.
555 Viens dans mon cabinet[7] consoler mes ennuis,
Et ne me quitte point dans le trouble où je suis.

---

1. *Le Portugal :* ce pays est alors occupé par les Maures.
2. *Journées :* exploits (accomplis en un jour).
3. *Son amour :* l'amour que je lui porte.
4. *Où vous portez son bras :* jusqu'où vous l'élevez.
5. *Ensuite :* à la suite de.
6. *Si :* aussi.
7. *Cabinet :* dans le palais, pièce retirée.

Chez le Roi.

SCÈNE 6. DON FERNAND, DON ARIAS, DON SANCHE.

DON FERNAND

Le Comte est donc si vain[1], et si peu raisonnable !
Ose-t-il croire encor son crime pardonnable ?

DON ARIAS

Je l'ai de votre part longtemps entretenu ;
560 J'ai fait mon pouvoir[2], Sire, et n'ai rien obtenu.

DON FERNAND

Justes cieux ! ainsi donc un sujet téméraire
A si peu de respect et de soin[3] de me plaire !
Il offense don Diègue, et méprise son roi !
Au milieu de ma cour il me donne la loi !
565 Qu'il soit brave guerrier, qu'il soit grand capitaine,
Je saurai bien rabattre une humeur[4] si hautaine.
Fût-il la valeur même, et le dieu des combats,
Il verra ce que c'est que de n'obéir pas[5].
Quoi qu'ait pu mériter une telle insolence,
570 Je l'ai voulu d'abord traiter sans violence ;
Mais puisqu'il en abuse, allez dès aujourd'hui,
Soit qu'il résiste ou non, vous assurer de lui[6].

DON SANCHE

Peut-être un peu de temps le rendrait moins rebelle :

---

1. *Vain :* orgueilleux.
2. *Mon pouvoir :* mon possible.
3. *Soin :* souci.
4. *Une humeur :* un caractère.
5. *Il verra... n'obéir pas :* il verra ce qu'il en coûte de ne pas obéir.
6. *Vous assurer de lui :* l'arrêter.

71

On l'a pris tout bouillant encor de sa querelle ;
575 Sire, dans la chaleur d'un premier mouvement,
Un cœur si généreux se rend malaisément.
Il voit bien qu'il a tort, mais une âme si haute[1]
N'est pas sitôt[2] réduite à confesser sa faute.

DON FERNAND

Don Sanche, taisez-vous, et soyez averti
580 Qu'on se rend criminel à prendre[3] son parti.

DON SANCHE

J'obéis, et me tais ; mais de grâce encor, Sire,
Deux mots en sa défense.

DON FERNAND

                         Et que pourrez-vous dire ?

DON SANCHE

Qu'une âme accoutumée aux grandes actions
Ne se peut abaisser à des submissions[4] :
585 Elle n'en conçoit point qui s'expliquent sans honte[5] ;
Et c'est à ce mot seul qu'a résisté le Comte.
Il trouve en son devoir un peu trop de rigueur,
Et vous obéirait, s'il avait moins de cœur.
Commandez que son bras, nourri dans les alarmes[6],
590 Répare cette injure à la pointe des armes ;
Il satisfera, Sire ; et vienne qui voudra,
Attendant qu'il[7] l'ait su, voici qui[8] répondra.

---

1. *Une âme si haute :* un caractère aussi orgueilleux.
2. *Sitôt :* si vite.
3. *À prendre :* en prenant.
4. *Submissions :* soumissions, excuses.
5. *Elle... sans honte :* pour un caractère orgueilleux comme celui du Comte, toute forme d'excuse est honteuse et lâche.
6. *Nourri dans les alarmes :* habitué au danger.
7. *Attendant qu'il :* avant même que.
8. *Qui :* ce qui (don Sanche montre son épée).

DON FERNAND

Vous perdez le respect ; mais je pardonne à l'âge,
Et j'excuse l'ardeur en un jeune courage.
595 Un roi dont la prudence a de meilleurs objets
Est meilleur ménager[1] du sang de ses sujets :
Je veille pour les miens, mes soucis les conservent,
Comme le chef[2] a soin des membres qui le servent.
Ainsi votre raison[3] n'est pas raison pour moi :
600 Vous parlez en soldat ; je dois agir en roi ;
Et quoi qu'on veuille dire, et quoi qu'il ose croire,
Le Comte à m'obéir[4] ne peut perdre sa gloire.
D'ailleurs l'affront me touche : il a perdu d'honneur[5]
Celui que de mon fils j'ai fait le gouverneur[6] ;
605 S'attaquer à mon choix, c'est se prendre à[7] moi-même,
Et faire un attentat sur le pouvoir suprême.
N'en parlons plus. Au reste[8], on a vu dix vaisseaux
De nos vieux ennemis arborer les drapeaux ;
Vers la bouche[9] du fleuve ils ont osé paraître.

DON ARIAS

610 Les Mores ont appris par force à vous connaître,
Et tant de fois vaincus, ils ont perdu le cœur[10]
De se plus hasarder[11] contre un si grand vainqueur.

---

1. *Est meilleur ménager :* est plus économe de.
2. *Le chef :* la tête.
3. *Votre raison :* ce qui vous semble raisonnable.
4. *À m'obéir :* en m'obéissant.
5. *Il a perdu d'honneur :* il a déshonoré.
6. *Gouverneur :* précepteur.
7 *Se prendre à :* s'en prendre à.
8. *Au reste :* d'autre part.
9. *Bouche :* l'embouchure.
10. *Le cœur :* l'envie.
11. *De se plus hasarder :* de se risquer davantage.

DON FERNAND

Ils ne verront jamais sans quelque jalousie
Mon sceptre, en dépit d'eux[1], régir l'Andalousie ;
615 Et ce pays si beau, qu'ils ont trop possédé,
Avec un œil d'envie est toujours regardé.
C'est l'unique raison qui m'a fait dans Séville
Placer depuis dix ans le trône de Castille[2],
Pour les voir de plus près, et d'un ordre plus prompt[3]
620 Renverser aussitôt ce qu'ils entreprendront.

DON ARIAS

Ils savent aux dépens de leurs plus dignes têtes[4],
Combien votre présence assure vos conquêtes :
Vous n'avez rien à craindre.

DON FERNAND

                     Et rien à négliger :
Le trop de confiance attire le danger ;
625 Et vous n'ignorez pas qu'avec fort peu de peine
Un flux de pleine mer jusqu'ici les amène[5].
Toutefois j'aurais tort de jeter dans les cœurs,
L'avis étant mal sûr[6], de paniques terreurs.
L'effroi que produirait cette alarme inutile,
630 Dans la nuit qui survient troublerait trop la ville :
Faites doubler la garde aux murs et sur le port.
C'est assez pour ce soir.

---

1. *En dépit d'eux* : malgré eux.
2. *C'est l'unique raison... Castille* : il s'agit là d'un anachronisme car, à l'époque de l'action, Séville n'appartenait pas encore au roi de Castille.
3. *D'un ordre plus prompt* : en donnant un ordre plus rapide.
4. *Leurs plus dignes têtes* : de leurs meilleurs combattants.
5. *Un flux... amène* : Séville est située sur l'estuaire du fleuve Guadalquivir. Bien qu'éloignée de plus de 100 km de la mer, l'influence des marées s'y fait sentir.
6. *L'avis étant mal sûr* : la nouvelle étant peu sûre.

Acte II Scènes 3, 4, 5 et 6

L'ACTION ET L'INTÉRÊT DRAMATIQUE

1. Relevez, dans la scène 4, une information capitale concernant le Comte et Rodrigue. Que nous laisse-t-elle supposer ? Commentez la réaction de Chimène.

2. À quelle scène antérieure devons-nous rattacher la scène 6 ? Comment fait-elle avancer l'action ?

3. Pensez-vous que le Roi va punir le Comte pour son refus d'obéir ? Justifiez votre point de vue en vous aidant des vers 593 à 609.

4. Quelles sont les préoccupations du Roi dans la dernière partie de la scène 6 ? De quel danger Séville est-elle menacée ? À quel événement contemporain de Corneille cet épisode fait-il penser ? Relisez les pages 15 à 17.

LES PERSONNAGES

5. Dans quel passage de la scène 3 Chimène analyse-t-elle la situation de Rodrigue ? De quoi est-elle consciente ?

6. Quels espoirs l'Infante exprime-t-elle dans la scène 5 ? Montrez que ses pensées ont évolué depuis la scène 2 de l'acte II.

7. Deux personnages que nous n'avons encore jamais vus apparaissent dans la scène 6. Qui sont-ils ? Que savons-nous d'eux ?

8. Pourquoi Don Fernand est-il en colère ? Comment conçoit-il le pouvoir royal ? Citez le texte.

9. Relevez un passage dans lequel Don Sanche prend le parti du Comte. Que pensez-vous de ses arguments ? À votre avis, est-il sincère ? Justifiez votre réponse.

LES IDÉES ET L'EXPRESSION

10. À quel problème de son époque Corneille fait-il allusion dans les vers 595-596 (cf. p. 16). Pourquoi le Roi se montre-t-il aussi sévère à ce sujet ?

11. Quel est le sens du verbe « entretenir » dans le vers 559 ?

12. Justifiez l'emploi du subjonctif au vers 567.

13. Vérifiez p. 24 le sens du mot « courage » (v. 591) au xviiᵉ siècle.

SCÈNE 7. DON FERNAND, DON SANCHE, DON ALONSE.

DON ALONSE

Sire, le Comte est mort :
Don Diègue, par son fils, a vengé son offense.

DON FERNAND

Dès que j'ai su l'affront, j'ai prévu la vengeance ;
635 Et j'ai voulu dès lors prévenir[1] ce malheur.

DON ALONSE

Chimène à vos genoux apporte sa douleur ;
Elle vient tout en pleurs vous demander justice.

DON FERNAND

Bien qu'à ses déplaisirs[2] mon âme compatisse,
Ce que le Comte a fait semble avoir mérité
640 Ce digne châtiment de sa témérité.
Quelque juste pourtant que puisse être sa peine,
Je ne puis sans regret perdre un tel capitaine.
Après un long service à mon État rendu[3],
Après son sang pour moi mille fois répandu,
645 À quelques sentiments que son orgueil m'oblige[4],
Sa perte m'affaiblit, et son trépas m'afflige.

---

1. *Prévenir :* éviter.
2. *Ses déplaisirs :* son désespoir.
3. *Après... rendu :* après les longues années qu'il a consacrées au service de l'État.
4. *À quelques... m'oblige :* quels que soient les sentiments que son orgueil m'oblige d'éprouver.

SCÈNE 8. DON FERNAND, DON DIÈGUE, CHIMÈNE, DON SANCHE, DON ARIAS, DON ALONSE.

CHIMÈNE

Sire, Sire, justice !

DON DIÈGUE

Ah ! Sire, écoutez-nous.

CHIMÈNE

Je me jette à vos pieds.

DON DIÈGUE

J'embrasse vos genoux.

CHIMÈNE

Je demande justice.

DON DIÈGUE

Entendez ma défense.

CHIMÈNE

650 D'un jeune audacieux punissez l'insolence :
Il a de votre sceptre abattu le soutien,
Il a tué mon père.

DON DIÈGUE

Il a vengé le sien.

CHIMÈNE

Au sang de ses sujets un roi doit la justice.

DON DIÈGUE

Pour la juste vengeance il n'est point de supplice.

DON FERNAND

655 Levez-vous l'un et l'autre, et parlez à loisir.
Chimène, je prends part à votre déplaisir ;
D'une égale douleur je sens mon âme atteinte.

77

(À don Diègue.)
Vous parlerez après ; ne troublez pas sa plainte.

CHIMÈNE

Sire, mon père est mort ; mes yeux ont vu son sang
660 Couler à gros bouillons de son généreux flanc ;
Ce sang qui tant de fois garantit vos murailles,
Ce sang qui tant de fois vous gagna des batailles,
Ce sang qui tout sorti fume encor de courroux
De se voir répandu pour d'autres que pour vous,
665 Qu'au milieu des hasards n'osait verser la guerre[1],
Rodrigue en votre cour vient d'en couvrir la terre.
J'ai couru sur le lieu, sans force et sans couleur :
Je l'ai trouvé sans vie. Excusez ma douleur,
Sire, la voix me manque à ce récit funeste ;
670 Mes pleurs et mes soupirs vous diront mieux le reste.

DON FERNAND

Prends courage, ma fille, et sache qu'aujourd'hui
Ton roi te veut servir de père au lieu de lui[2].

CHIMÈNE

Sire, de trop d'honneur ma misère est suivie.
Je vous l'ai déjà dit, je l'ai trouvé sans vie ;
675 Son flanc était ouvert ; et, pour mieux m'émouvoir[3],
Son sang sur la poussière écrivait mon devoir ;
Ou plutôt sa valeur en cet état réduite
Me parlait par sa plaie, et hâtait ma poursuite[4] ;
Et, pour se faire entendre au plus juste des rois,
680 Par cette triste bouche[5] elle empruntait ma voix.

---

1. *Qu'au milieu ... guerre :* ce sang que la guerre n'osait verser en plein combat.
2. *Au lieu de lui :* à sa place.
3. *M'émouvoir :* me bouleverser.
4. *Et hâtait ma poursuite :* et exigeait que je poursuive son meurtrier sans attendre.
5. *Cette triste bouche :* les lèvres de la plaie.

Sire, ne souffrez pas[1] que sous votre puissance
Règne devant vos yeux une telle licence[2] ;
Que les plus valeureux, avec impunité[3],
Soient exposés aux coups de la témérité ;
685 Qu'un jeune audacieux triomphe de leur gloire,
Se baigne dans leur sang, et brave leur mémoire.
Un si vaillant guerrier qu'on vient de vous ravir[4]
Éteint, s'il n'est vengé, l'ardeur de vous servir.
Enfin mon père est mort, j'en demande vengeance,
690 Plus pour votre intérêt que pour mon allégeance[5].
Vous perdez en la mort d'un homme de son rang[6] :
Vengez-la par une autre, et le sang par le sang.
Immolez, non à moi, mais à votre couronne,
Mais à votre grandeur, mais à votre personne ;
695 Immolez[7], dis-je, Sire, au bien de tout l'État
Tout ce[8] qu'enorgueillit un si haut attentat[9].

DON FERNAND

Don Diègue, répondez.

DON DIÈGUE

Qu'on est digne d'envie
Lorsqu'en perdant la force on perd aussi la vie,
Et qu'un long âge[10] apprête[11] aux hommes généreux,

---

1. *Ne souffrez pas* : n'admettez pas.
2. *Licence* : liberté dans le mépris de vos lois.
3. *Avec impunité* : sans risquer de punition.
4. *Ravir* : enlever.
5. *Allégeance* : soulagement.
6. *Vous perdez ... rang* : la mort d'un homme de son rang est une lourde perte pour vous.
7. *Immolez* : sacrifiez.
8. *Ce* : Rodrigue et don Diègue.
9. *Un si haut attentat* : un attentat contre un homme de si haute importance.
10. *Un long âge* : une longue vie.
11. *Apprête* : prépare.

700 Au bout de leur carrière, un destin malheureux !
Moi, dont les longs travaux ont acquis tant de gloire,
Moi, que jadis partout a suivi la victoire,
Je me vois aujourd'hui, pour avoir trop vécu,
Recevoir un affront et demeurer vaincu.
705 Ce que n'a pu jamais combat, siège, embuscade,
Ce que n'a pu jamais Aragon ni Grenade,
Ni tous vos ennemis, ni tous mes envieux,
Le Comte en votre cour l'a fait presque à vos yeux,
Jaloux de votre choix[1], et fier de l'avantage
710 Que lui donnait sur moi l'impuissance de l'âge.
    Sire, ainsi ces cheveux blanchis sous le harnois[2],
Ce sang pour vous servir prodigué tant de fois,
Ce bras, jadis l'effroi d'une armée ennemie,
Descendaient au tombeau tout chargés d'infamie,
715 Si je n'eusse produit un fils digne de moi,
Digne de son pays et digne de son roi.
Il m'a prêté sa main, il a tué le Comte ;
Il m'a rendu l'honneur, il a lavé ma honte.
Si montrer du courage et du ressentiment[3],
720 Si venger un soufflet mérite un châtiment,
Sur moi seul doit tomber l'éclat de la tempête[4] :
Quand le bras a failli, l'on en punit la tête[5].
Qu'on nomme crime, ou non, ce qui fait nos débats,
Sire, j'en suis la tête, il n'en est que le bras.
725 Si Chimène se plaint qu'il a tué son père,
Il ne l'eût jamais fait si je l'eusse pu faire.

---

1. *Jaloux de votre choix* : jaloux parce que vous m'avez choisi.
2. *Sous le harnois* : à la guerre.
3. *Ressentiment* : douleur.
4. *La tempête* : la colère du roi.
5. *Quand le bras ... tête* : on doit punir celui qui a voulu cette vengeance, et non celui qui l'a exécutée.

Immolez donc ce chef que les ans vont ravir[1],
Et conservez pour vous le bras qui peut servir.
Aux dépens de mon sang satisfaites Chimène :
730 Je n'y résiste point[2], je consens à ma peine ;
Et loin de murmurer d'un rigoureux décret,
Mourant sans déshonneur, je mourrai sans regret.

DON FERNAND

L'affaire est d'importance, et, bien considérée,
Mérite en plein conseil[3] d'être délibérée.
Don Sanche, remettez Chimène en sa maison.
735 Don Diègue aura ma cour et sa foi[4] pour prison.
Qu'on me cherche son fils. Je vous ferai justice.

CHIMÈNE

Il est juste, grand Roi, qu'un meurtrier périsse.

DON FERNAND

Prends du repos, ma fille, et calme tes douleurs.

CHIMÈNE

740 M'ordonner du repos, c'est croître[5] mes malheurs.

---

1. *Ce chef ... ravir :* cette tête que les ans vont emporter.
2. *Je n'y résiste point :* je ne montre aucune résistance.
3. *En plein conseil :* en pleine assemblée, en toute sagesse.
4. *Sa foi :* sa parole de ne pas s'échapper.
5. *Croître :* augmenter.

Acte II Scènes 7 et 8

L'ACTION ET L'INTÉRÊT DRAMATIQUE

1. Pourquoi peut-on dire que la scène 7 est une scène de transition ? Donnez-lui un titre expressif.

2. Divisez la scène 8 en trois puis en quatre parties. Justifiez ces deux plans possibles.

3. Pourquoi Chimène et Don Diègue se présentent-ils au même moment chez le Roi ?

4. Pourquoi Rodrigue est-il dans une situation difficile à l'égard de Chimène ? À l'égard du Roi ? Que risque-t-il ? Quels sentiments cette scène traduit-elle chez les deux plaignants : l'émotion, l'indignation ou l'appréhension ? Justifiez votre réponse.

LES PERSONNAGES

5. Par quels aspects la situation de Chimène est-elle particulièrement dramatique ? Comment expliquez-vous sa véhémence dans les vers 659 à 668 ? Que suggèrent les termes par lesquels elle désigne Rodrigue ?

6. À quelle scène de l'acte I la tirade de Don Diègue (v. 697-732) fait-elle référence ? Relevez dans ces deux scènes des vers dont la signification se recoupe. Par quel argument majeur justifie-t-il le duel qui a opposé Rodrigue au Comte ?

7. Quel est le rôle du Roi dans la scène ?
S'il applique la loi, quelle décision devra-t-il prendre à l'encontre de Rodrigue ? Pourquoi remet-il sa décision à plus tard ? Citez le texte.

LES IDÉES ET L'EXPRESSION

8. Montrez, en citant le texte, que Chimène prétend défendre un intérêt collectif.

9. Relevez dans cette scène une ou deux images particulièrement réalistes. Qu'apportent-elles au texte ?

10. Quelle est la valeur des impératifs dans les vers 692, 693, 695, 727, 728 ?

Questions sur l'ensemble de l'acte II

LA COMPOSITION

1. Des huit scènes qui composent l'acte II, lesquelles font avancer l'action ? Lesquelles nous informent sur le caractère et les idées des personnages ? Quel est, pour le spectateur, l'intérêt de cette alternance ?

2. Quelle est, à votre avis, la scène la plus importante de l'acte II ? Pourquoi ?

LES PERSONNAGES

3. Quels traits de la personnalité de Rodrigue et de celle de Chimène avons-nous découverts au cours de cet acte ?

4. Quel sentiment éprouvez-vous à l'égard de Don Diègue ? Pourquoi ?

5. Dans quelles scènes le Roi apparaît-il ? Prend-il des décisions ? Pensez-vous, comme certains critiques, qu'il manque d'autorité et de volonté ? Justifiez votre réponse en citant le texte.

L'ACTION, LE TEMPS ET LE LIEU

6. Quels sont les événements marquants de l'acte II ? Sur quelle interrogation se termine cet acte ?

7. La tension dramatique a-t-elle diminué, augmenté ou bien s'est-elle maintenue ? Argumentez votre réponse.

8. Combien de temps s'est écoulé depuis le début de la pièce ? Pensez-vous que tant d'événements puissent survenir en quelques heures ? Qu'est-ce que l'unité de temps à laquelle Corneille essaie de se conformer dans *le Cid* ? Consultez votre lexique, p. 203.

9. Faites l'inventaire des lieux où nous transportent les huit scènes de l'acte II. Imaginez un décor pour l'un d'entre eux.

LES IDÉES ET L'EXPRESSION

10. D'après les paroles et la conduite de Don Diègue et de Chimène, qu'est-ce qu'une vengeance ? Relevez les expressions qui y font allusion.

11. Qui, au cours de l'acte II, se montre véritablement respectueux des lois et du pouvoir royal ?

12. Sur quelles idées le Comte, Don Diègue et Rodrigue se rejoignent-ils ?

13. Dans quelle scène Corneille montre-t-il un talent de poète ? Quel effet cette scène produit-elle sur le spectateur ?

Acte III

Chez Chimène.

SCÈNE PREMIÈRE. DON RODRIGUE, ELVIRE.

ELVIRE

Rodrigue, qu'as-tu fait ? où viens-tu, misérable[1] ?

DON RODRIGUE

Suivre le triste cours de mon sort déplorable[2].

ELVIRE

Où prends-tu cette audace et ce nouvel orgueil,
De paraître en des lieux que tu remplis de deuil ?
745 Quoi ? viens-tu jusqu'ici braver l'ombre du Comte ?
Ne l'as-tu pas tué ?

DON RODRIGUE

      Sa vie était ma honte :
Mon honneur de ma main a voulu cet effort[3].

ELVIRE

Mais chercher ton asile en la maison du mort !
Jamais un meurtrier en fit-il son refuge ?

DON RODRIGUE

750 Et je n'y viens aussi que m'offrir[4] à mon juge.
Ne me regarde plus d'un visage étonné ;
Je cherche le trépas après l'avoir donné.

---

1. *Misérable :* malheureux, digne de pitié.
2. *Déplorable :* qui est à plaindre.
3. *Mon honneur... effort :* mon honneur exigeait que je tue le Comte.
4. *Que m'offrir :* que pour m'offrir.

Mon juge est mon amour, mon juge est ma Chimène :
Je mérite la mort de mériter sa haine[1],
755 Et j'en[2] viens recevoir, comme un bien souverain,
Et l'arrêt de sa bouche, et le coup de sa main.

ELVIRE

Fuis plutôt de ses yeux, fuis de[3] sa violence ;
À ses premiers transports[4] dérobe ta présence :
Va, ne t'expose point aux premiers mouvements
760 Que poussera[5] l'ardeur de ses ressentiments.

DON RODRIGUE

Non, non, ce cher objet[6] à qui j'ai pu déplaire
Ne peut pour mon supplice avoir trop de colère ;
Et j'évite cent morts[7] qui me vont accabler,
Si pour mourir plus tôt je puis la redoubler[8].

ELVIRE

765 Chimène est au palais, de pleurs toute baignée,
Et n'en reviendra point que[9] bien accompagnée.
Rodrigue, fuis, de grâce : ôte-moi de souci[10].
Que ne dira-t-on point si l'on te voit ici ?
Veux-tu qu'un médisant, pour comble à sa misère,

---

1. *De mériter sa haine* : puisque je mérite sa haine.
2. *En* : désigne la mort.
3. *Fuis de* : éloigne-toi.
4. *Transports* : réaction violente.
5. *Poussera* : fera naître.
6. *Objet* : femme aimée. Le mot appartient au vocabulaire amoureux du XVIIe siècle.
7. *Morts* : tourments.
8. *Je puis la redoubler* : je peux redoubler sa colère.
9. *Que* : sinon.
10. *Ôte-moi de souci* : délivre-moi du souci.

770 L'accuse d'y souffrir[1] l'assassin de son père ?
Elle va revenir ; elle vient, je la voi[2] :
Du moins, pour son honneur[3], Rodrigue, cache-toi.

SCÈNE 2. DON SANCHE, CHIMÈNE, ELVIRE.

DON SANCHE

Oui, Madame, il vous faut de sanglantes victimes :
Votre colère est juste, et vos pleurs légitimes ;
775 Et je n'entreprends pas, à force de parler,
Ni de vous adoucir[4], ni de vous consoler.
Mais si de vous servir je puis être capable,
Employez mon épée à punir le coupable ;
Employez mon amour à venger cette mort :
780 Sous vos commandements mon bras sera trop fort[5].

CHIMÈNE

Malheureuse !

DON SANCHE

De grâce, acceptez mon service[6].

CHIMÈNE

J'offenserais le Roi, qui m'a promis justice.

---

1. *Souffrir* : admettre, supporter.
2. *Je la voi* : je la vois. Orthographe encore admise au XVIIe siècle.
3. *Pour son honneur* : pour sa réputation.
4. *Adoucir* : calmer.
5. *Trop fort* : très fort.
6. *Acceptez mon service* : acceptez que je me mette à votre service, disposez de moi.

Don Sanche

Vous savez qu'elle[1] marche avec tant de langueur,
Qu'assez souvent le crime échappe à sa longueur[2] ;
785 Son cours lent et douteux fait trop perdre de larmes.
Souffrez qu'un cavalier vous venge par les armes :
La voie en est plus sûre, et plus prompte à punir.

Chimène

C'est le dernier remède[3] ; et s'il faut y venir,
Et que de mes malheurs cette pitié vous dure,
790 Vous serez libre alors de venger mon injure[4].

Don Sanche

C'est l'unique bonheur où mon âme prétend ;
Et, pouvant l'espérer, je m'en vais trop[5] content.

SCÈNE 3.   CHIMÈNE, ELVIRE.

Chimène

Enfin je me vois libre[6], et je puis sans contrainte
De mes vives douleurs te faire voir l'atteinte[7] ;
795 Je puis donner passage[8] à mes tristes soupirs ;

---

1. *Elle :* la justice.
2. *Le crime échappe à sa longueur :* la justice est si lente que souvent le crime reste impuni.
3. *Le dernier remède :* la dernière solution.
4. *Mon injure :* l'outrage qui m'a été fait.
5. *Trop :* vraiment.
6. *Enfin je me vois libre :* enfin me voilà libre.
7. *L'atteinte :* la blessure.
8. *Donner passage :* exprimer.

Je puis t'ouvrir mon âme et tous mes déplaisirs.

Mon père est mort, Elvire ; et la première épée
Dont s'est armé Rodrigue, a sa trame coupée[1].
Pleurez, pleurez, mes yeux, et fondez-vous en eau !
800 La moitié de ma vie[2] a mis l'autre[3] au tombeau,
Et m'oblige à venger, après ce coup funeste,
Celle que je n'ai plus sur celle qui me reste.

ELVIRE

Reposez-vous[4], Madame.

CHIMÈNE

Ah ! que mal à propos
Dans un malheur si grand tu parles de repos !
805 Par où[5] sera jamais ma douleur apaisée,
Si je ne puis haïr la main qui l'a causée ?
Et que dois-je espérer qu'[6] un tourment éternel,
Si je poursuis un crime, aimant le criminel ?

ELVIRE

Il vous prive d'un père, et vous l'aimez encore !

CHIMÈNE

810 C'est peu de dire aimer, Elvire : je l'adore ;
Ma passion s'oppose à mon ressentiment[7] ;
Dedans[8] mon ennemi je trouve mon amant ;

---

1. *A sa trame coupée :* a tranché sa vie. Dans l'Antiquité, les Parques,
déesses du Destin, filaient la vie des hommes comme on file la laine.
Quand l'homme mourait, elles coupaient le fil.
2. *La moitié de ma vie :* Rodrigue.
3. *L'autre :* le père de Chimène.
4. *Reposez-vous ;* calmez-vous.
5. *Par où :* par quel moyen.
6. *Qu' :* sinon.
7. *Ressentiment :* rancune.
8. *Dedans :* dans.

Et je sens qu'en dépit de toute ma colère,
Rodrigue dans mon cœur combat encor mon père :
815 Il l'attaque, il le presse, il cède, il se défend,
Tantôt fort, tantôt faible, et tantôt triomphant ;
Mais, en ce dur combat de colère et de flamme[1],
Il déchire mon cœur sans partager mon âme[2] ;
Et quoi que mon amour ait sur moi de pouvoir[3],
820 Je ne consulte point[4] pour suivre mon devoir :
Je cours sans balancer où mon honneur m'oblige.
Rodrigue m'est bien cher, son intérêt m'afflige[5] ;
Mon cœur prend son parti ; mais, malgré son effort[6],
Je sais ce que je suis, et que mon père est mort.

ELVIRE

825 Pensez-vous le poursuivre[7] ?

CHIMÈNE

                    Ah ! cruelle pensée !
Et cruelle poursuite où je me vois forcée !
Je demande sa tête, et crains de l'obtenir :
Ma mort suivra la sienne, et je le veux punir !

ELVIRE

Quittez, quittez, Madame, un dessein[8] si tragique ;
830 Ne vous imposez point de loi si tyrannique.

---

1. *De colère et de flamme :* entre la colère et l'amour.
2. *Âme :* siège de la volonté.
3. *Et quoi... pouvoir :* quelque pouvoir que mon amour ait sur moi.
4. *Je ne consulte point :* je n'hésite pas.
5. *Son intérêt m'afflige :* l'amour que je lui porte m'afflige.
6. *Son effort :* la force de mon amour.
7. *Le poursuivre :* engager des poursuites contre Rodrigue.
8. *Un dessein :* un projet.

CHIMÈNE

Quoi ! mon père étant mort, et presque entre mes bras,
Son sang criera vengeance, et je ne l'orrai pas[1] !
Mon cœur, honteusement surpris par d'autres charmes[2],
Croira ne lui devoir que d'impuissantes larmes !
835 Et je pourrai souffrir qu'un amour suborneur[3]
Sous un lâche silence étouffe mon honneur !

ELVIRE

Madame, croyez-moi, vous serez excusable
D'avoir moins de chaleur[4] contre un objet[5] aimable,
Contre un amant si cher : vous avez assez fait,
840 Vous avez vu le Roi ; n'en pressez point l'effet[6],
Ne vous obstinez point en cette humeur étrange[7].

CHIMÈNE

Il y va de ma gloire, il faut que je me venge ;
Et de quoi que nous flatte un désir amoureux[8],
Toute excuse est honteuse aux esprits généreux.

ELVIRE

845 Mais vous aimez Rodrigue, il ne vous peut déplaire.

CHIMÈNE

Je l'avoue.

---

1. *Et je ne l'orrai pas* : et je ne l'entendrai pas. Futur du verbe
« ouïr ».
2. *D'autres charmes* : son amour pour Rodrigue.
3. *Suborneur* : corrupteur, qui détourne du devoir.
4. *Chaleur* : colère.
5. *Un objet* : une personne.
6. *N'en pressez point l'effet* : ne soyez pas trop impatiente.
7. *Cette humeur étrange* : ce projet extravagant.
8. *Et de quoi... amoureux* : quelles que soient les séductions de
l'amour.

ELVIRE

Après tout[1], que pensez-vous donc faire ?

CHIMÈNE

Pour conserver ma gloire et finir mon ennui,
Le poursuivre, le perdre, et mourir après lui.

---

1. *Après tout :* en définitive.

Acte III Scènes 1, 2 et 3

L'ACTION

1. Que vient faire Rodrigue chez Chimène dans la scène 1 ?

2. Que propose Don Sanche à Chimène ? Par quels sentiments est-il guidé ? Citez le texte (scène 2).

3. Quel est le rôle d'Elvire dans la scène 3 ? Pourquoi parle-t-elle si peu ? Comment appelle-t-on un tel rôle dans le théâtre classique ? Aidez-vous du lexique, p. 203.

4. Dans quel dilemme se trouve Chimène ? Citez le texte.

LES RÉACTIONS

5. Analysez les paroles d'Elvire dans les vers 757-760. Que craint-elle pour Rodrigue ?

6. Relevez un vers de la scène 1 dans lequel Elvire se montre soucieuse du qu'en-dira-t-on. Cette inquiétude vous paraît-elle justifiée ? Pourquoi ?

LES PERSONNAGES

7. Quel type de justice Don Sanche propose-t-il à Chimène ? Qui rejoint-il sur cette question ?

8. Pourquoi Chimène refuse-t-elle, pour l'instant, l'intervention de Don Sanche ? Citez le texte. N'a-t-elle pas, au fond du cœur, une autre raison de suspendre sa décision ?

L'INTÉRÊT DRAMATIQUE

9. Rapprochez les vers 801 et 826 : que projette Chimène ? Expliquez sa décision en relevant dans ces vers deux mots significatifs.

10. Comment comprenez-vous le vers 828 « Ma mort suivra la sienne... » et le vers 848 « Le poursuivre, le perdre, et mourir après lui » ?

11. Pourquoi la présence secrète de Rodrigue a-t-elle une valeur dramatique ?

93

SCÈNE 4. DON RODRIGUE, CHIMÈNE, ELVIRE.

DON RODRIGUE

Eh bien ! sans vous donner la peine de poursuivre,
850 Assurez-vous l'honneur de m'empêcher de vivre.

CHIMÈNE

Elvire, où sommes-nous, et qu'est-ce que je voi[1] ?
Rodrigue en ma maison ! Rodrigue devant moi !

DON RODRIGUE

N'épargnez point mon sang : goûtez sans résistance
La douceur de ma perte et de votre vengeance.

CHIMÈNE

855 Hélas !

DON RODRIGUE

   Écoute-moi.

CHIMÈNE

     Je me meurs.

DON RODRIGUE

        Un moment.

CHIMÈNE

Va, laisse-moi mourir.

DON RODRIGUE

      Quatre mots seulement :
Après, ne me réponds qu'avecque[2] cette épée.

CHIMÈNE

Quoi ! du sang de mon père encor toute trempée !

---

1. *Je voi :* je vois. Orthographe admise au XVIIᵉ siècle.
2. *Avecque :* forme ancienne de « avec ».

CHIMÈNE
Va, je suis ta partie, et non pas ton bourreau.
Si tu m'offres ta tête, est-ce à moi de la prendre ?
Gérard Philipe et Maria Casarès
lors d'une répétition dirigée par Jean Vilar, 1951.

DON RODRIGUE

Ma Chimène...

CHIMÈNE

Ôte-moi cet objet odieux,
860 Qui reproche ton crime et ta vie à mes yeux.

DON RODRIGUE

Regarde-le plutôt pour exciter ta haine,
Pour croître[1] ta colère et pour hâter ma peine[2].

CHIMÈNE

Il est teint de mon sang.

DON RODRIGUE

Plonge-le dans le mien,
Et fais-lui perdre ainsi la teinture[3] du tien.

CHIMÈNE

865 Ah ! quelle cruauté, qui tout en un jour[4] tue
Le père par le fer, la fille par la vue !
Ôte-moi cet objet, je ne le puis souffrir[5] :
Tu veux que je t'écoute, et[6] tu me fais mourir !

DON RODRIGUE

Je fais ce que tu veux, mais sans quitter[7] l'envie
870 De finir par tes mains ma déplorable vie ;
Car enfin n'attends pas de mon affection
Un lâche repentir d'une bonne action.

---

1. *Croître* : augmenter.
2. *Ma peine* : mon châtiment.
3. *Teinture* : couleur.
4. *Tout en un jour* : en un seul jour.
5. *Je ne le puis souffrir* : je ne puis le supporter.
6. *Et* : et pourtant.
7. *Quitter* : perdre, renoncer à.

L'irréparable effet d'une chaleur trop prompte[1]
Déshonorait mon père, et me couvrait de honte.
875 Tu sais comme un soufflet touche un homme de cœur ;
J'avais part à l'affront[2], j'en ai cherché l'auteur :
Je l'ai vu, j'ai vengé mon honneur et mon père ;
Je le ferais encor, si j'avais à le faire.
Ce n'est pas qu'en effet[3] contre mon père et moi
880 Ma flamme assez longtemps n'ait combattu pour toi ;
Juge de son pouvoir : dans une telle offense[4]
J'ai pu délibérer si j'en prendrais vengeance[5].
Réduit à te déplaire, ou souffrir un affront,
J'ai pensé qu'à son tour mon bras était trop prompt ;
885 Je me suis accusé de trop de violence ;
Et ta beauté sans doute emportait la balance[6],
À moins que d'opposer à tes plus forts appas
Qu'un homme sans honneur ne te méritait pas ;
Que, malgré cette part que j'avais en ton âme,
890 Qui m'aima généreux me haïrait infâme ;
Qu'écouter ton amour, obéir à sa voix,
C'était m'en rendre indigne et diffamer[7] ton choix.
Je te le dis encore ; et quoique j'en soupire,
Jusqu'au dernier soupir je veux bien[8] le redire :
895 Je t'ai fait une offense, et j'ai dû m'y porter[9]

---

1. *Une chaleur trop prompte :* l'emportement du Comte dans la scène du soufflet.
2. *J'avais part à l'affront :* je subissais une partie de l'affront.
3. *En effet :* en réalité.
4. *Dans une telle offense :* malgré l'ampleur de l'offense.
5. *J'ai pu... vengeance :* je me suis demandé si je me vengerais.
6. *Emportait la balance :* aurait triomphé.
7. *Diffamer :* déshonorer.
8. *Bien :* avec force.
9. *M'y porter :* m'y résoudre.

Pour effacer ma honte, et pour te mériter ;
Mais quitte[1] envers l'honneur, et quitte envers
                                        [mon père,
C'est maintenant à toi que je viens satisfaire[2].
C'est pour t'offrir mon sang qu'en ce lieu tu me vois.
900 J'ai fait ce que j'ai dû, je fais ce que je dois.
Je sais qu'un père mort t'arme contre mon crime ;
Je ne t'ai pas voulu dérober ta victime :
Immole avec courage au sang qu'il[3] a perdu
Celui qui[4] met sa gloire à l'avoir répandu.

CHIMÈNE

905 Ah ! Rodrigue, il est vrai, quoique ton ennemie,
Je ne puis te blâmer d'avoir fui l'infamie ;
Et de quelque façon qu'éclatent mes douleurs,
Je ne t'accuse point, je pleure mes malheurs.
Je sais ce que l'honneur, après un tel outrage,
910 Demandait à l'ardeur d'un généreux courage :
Tu n'as fait le devoir que d'un homme de bien[5] ;
Mais aussi, le faisant, tu m'as appris le mien.
Ta funeste valeur m'instruit par ta victoire ;
Elle a vengé ton père et soutenu ta gloire :
915 Même soin me regarde[6], et j'ai, pour m'affliger,
Ma gloire à soutenir, et mon père à venger.
Hélas ! ton intérêt[7] ici me désespère :
Si quelque autre malheur m'avait ravi mon père,

---

1. *Quitte :* libéré d'une obligation.
2. *Satisfaire :* offrir réparation.
3. *Il :* le Comte.
4. *Celui qui :* c'est-à-dire Rodrigue lui-même.
5. *Tu n'as fait... bien :* tu n'as fait que le devoir d'un homme de bien.
6. *Même soin me regarde :* j'ai la même mission à remplir.
7. *Ton intérêt :* mon amour pour toi.

Mon âme aurait trouvé dans le bien[1] de te voir
920 L'unique allégement qu'elle eût pu recevoir ;
Et contre ma douleur j'aurais senti des charmes,
Quand une main si chère eût essuyé mes larmes.
Mais il me faut te perdre après l'avoir perdu ;
Cet effort sur ma flamme à mon honneur est dû ;
925 Et cet affreux devoir, dont l'ordre m'assassine,
Me force à travailler moi-même à ta ruine[2].
Car enfin n'attends pas de mon affection
De lâches sentiments pour ta punition[3].
De quoi qu'en ta faveur notre amour m'entretienne[4],
930 Ma générosité doit répondre à la tienne :
Tu t'es, en m'offensant, montré digne de moi ;
Je me dois, par ta mort, montrer digne de toi.

Don Rodrigue

Ne diffère[5] donc plus ce que l'honneur t'ordonne :
Il demande ma tête, et je te l'abandonne ;
935 Fais-en un sacrifice à ce noble intérêt[6] :
Le coup m'en sera doux, aussi bien que l'arrêt[7].
Attendre après mon crime une lente justice,
C'est reculer ta gloire autant que mon supplice.
Je mourrai trop[8] heureux, mourant d'un coup si beau.

Chimène

940 Va, je suis ta partie[9], et non pas ton bourreau.
Si tu m'offres ta tête, est-ce à moi de la prendre ?

---

1. *Le bien :* le bonheur.
2. *Ruine :* perte.
3. *Pour ta punition :* qui me feraient renoncer à la punition.
4. *De quoi... m'entretienne :* bien que mon amour parle en ta faveur.
5. *Diffère :* retarde.
6. *Noble intérêt :* l'honnour.
7. *L'arrêt :* la décision.
8. *Trop :* très.
9. *Ta partie :* ton adversaire. Terme de la langue juridique.

Je la dois attaquer, mais tu dois la défendre ;
C'est d'un autre que toi qu'il me faut l'obtenir,
Et je dois te poursuivre, et non pas te punir.

DON RODRIGUE

945 De quoi qu'en ma faveur notre amour t'entretienne[1],
Ta générosité doit répondre à la mienne ;
Et pour venger un père emprunter d'autres bras,
Ma Chimène, crois-moi, c'est n'y répondre pas :
Ma main seule du mien a su venger l'offense,
950 Ta main seule du tien doit prendre la vengeance.

CHIMÈNE

Cruel ! à quel propos sur ce point t'obstiner ?
Tu t'es vèngé sans aide, et tu m'en veux donner !
Je suivrai ton exemple, et j'ai trop de courage
Pour souffrir qu'avec toi ma gloire se partage.
955 Mon père et mon honneur ne veulent rien devoir
Aux traits de[2] ton amour ni de ton désespoir.

DON RODRIGUE

Rigoureux point d'honneur ! hélas ! quoi que je fasse,
Ne pourrai-je à la fin obtenir cette grâce[3] ?
Au nom d'un père mort, ou de notre amitié[4],
960 Punis-moi par vengeance, ou du moins par pitié.
Ton malheureux amant aura bien moins de peine
À mourir par ta main qu'à vivre avec ta haine.

CHIMÈNE

Va, je ne te hais point.

---

1. *De quoi... t'entretienne* : quelles que soient les pensées que notre amour fait naître en toi.
2. *Aux traits de* : à l'influence de.
3. *Cette grâce* : que tu me tues.
4. *Amitié* : amour.

DON RODRIGUE
Tu le dois.

CHIMÈNE
Je ne puis.

DON RODRIGUE
Crains-tu si peu le blâme, et si peu les faux bruits[1] ?
965 Quand on saura mon crime, et que ta flamme dure,
Que ne publieront point l'envie et l'imposture[2] !
Force-les au silence, et sans plus discourir,
Sauve ta renommée en me faisant mourir.

CHIMÈNE
Elle éclate bien mieux en te laissant[3] la vie ;
970 Et je veux que la voix de la plus noire envie
Élève au ciel[4] ma gloire et plaigne mes ennuis,
Sachant que je t'adore et que je te poursuis.
Va-t'en, ne montre plus à ma douleur extrême
Ce qu'il faut que je perde, encore que je l'aime.
975 Dans l'ombre de la nuit cache bien ton départ ;
Si l'on te voit sortir, mon honneur court hasard[5].
La seule occasion qu'aura la médisance[6],
C'est de savoir qu'ici j'ai souffert[7] ta présence :
Ne lui donne point lieu d'attaquer ma vertu.

---

1. *Les faux bruits* : les calomnies.
2. *Que... l'imposture* : quels ne seront pas les commentaires des jaloux et des menteurs.
3. *En te laissant* : si je te laisse.
4. *Élève au ciel* : porte aux nues, célèbre.
5. *Court hasard* : court un danger.
6. *La seule occasion qu'aura la médisance* : la seule occasion qu'auront les diffamateurs.
7. *Souffert* : toléré.

DON RODRIGUE

980 Que je meure !

CHIMÈNE

Va-t'en.

DON RODRIGUE

À quoi te résous-tu ?

CHIMÈNE

Malgré des feux si beaux, qui troublent ma colère[1],
Je ferai mon possible à[2] bien venger mon père ;
Mais malgré la rigueur d'un si cruel devoir,
Mon unique souhait est de ne rien pouvoir.

DON RODRIGUE

985 Ô miracle d'amour !

CHIMÈNE

Ô comble de misères !

DON RODRIGUE

Que de maux et de pleurs nous coûteront nos pères !

CHIMÈNE

Rodrigue, qui l'eût cru ?

DON RODRIGUE

Chimène, qui l'eût dit ?

CHIMÈNE

Que notre heur[3] fût si proche et sitôt se perdît ?

DON RODRIGUE

Et que si près du port, contre toute apparence[4],
990 Un orage si prompt brisât notre espérance ?

---

1. *Malgré... colère :* malgré mon amour ardent qui compromet ma soif de vengeance.
2. *À :* pour.
3. *Heur :* bonheur. Terme poétique.
4. *Apparence :* probabilité.

102

CHIMÈNE

Ah ! mortelles douleurs !

DON RODRIGUE

Ah ! regrets superflus !

CHIMÈNE

Va-t'en, encore un coup[1], je ne t'écoute plus.

DON RODRIGUE

Adieu : je vais traîner une mourante vie,
Tant que[2] par ta poursuite elle me soit ravie.

CHIMÈNE

995 Si j'en obtiens l'effet, je t'engage ma foi[3]
De ne respirer pas un moment après toi.
Adieu : sors, et surtout garde bien qu'on te voie[4].

ELVIRE

Madame, quelques maux que le ciel nous envoie...

CHIMÈNE

Ne m'importune plus, laisse-moi soupirer,
1 000 Je cherche le silence et la nuit pour pleurer.

La place publique.

SCÈNE 5. DON DIÈGUE.

Jamais nous ne goûtons de parfaite allégresse :
Nos plus heureux succès sont mêlés de tristesse ;
Toujours quelques soucis en ces événements
Troublent la pureté de nos contentements.

---

1. *Encore un coup :* encore une fois.
2. *Tant que :* en attendant que.
3. *Si ... ma foi :* si j'obtiens ton châtiment, je te promets de...
4. *Garde bien qu'on te voie :* prends garde qu'on ne te voie pas.

1005 Au milieu du bonheur mon âme en sent l'atteinte[1] :
Je nage dans la joie, et je tremble de crainte.
J'ai vu mort l'ennemi qui m'avait outragé,
Et je ne saurais voir[2] la main qui m'a vengé.
En vain je m'y travaille[3], et d'un soin inutile,
1010 Tout cassé que je suis, je cours toute la ville :
Ce peu[4] que mes vieux ans m'ont laissé de vigueur
Se consume sans fruit[5] à chercher ce vainqueur.
À toute heure, en tous lieux, dans une nuit si sombre,
Je pense l'embrasser, et n'embrasse qu'une ombre
1015 Et mon amour, déçu[6] par cet objet trompeur,
Se forme des soupçons[7] qui redoublent ma peur.
Je ne découvre point de marques de sa fuite ;
Je crains du Comte mort les amis et la suite ;
Leur nombre m'épouvante, et confond[8] ma raison.
1020 Rodrigue ne vit plus, ou respire en prison.
Justes cieux ! me trompé-je encore à l'apparence,
Ou si[9] je vois enfin mon unique espérance ?
C'est lui, n'en doutons plus ; mes vœux sont exaucés,
Ma crainte est dissipée, et mes ennuis cessés.

---

1. *En sent l'atteinte :* l'atteinte des soucis qui troublent le bonheur.
2. *Et je ne saurais voir :* et je n'arrive pas à voir.
3. *Je m'y travaille :* je m'y emploie.
4. *Ce peu :* ce peu de vigueur...
5. *Se consume sans fruit :* se dépense vainement.
6. *Déçu :* abusé, trompé.
7. *Se forme des soupçons :* imagine des catastrophes.
8. *Confond :* bouleverse.
9. *Si :* est-ce que.

SCÈNE 6. DON DIÈGUE, DON RODRIGUE.

DON DIÈGUE

1025 Rodrigue, enfin le ciel permet que je te voie !

DON RODRIGUE

Hélas !

DON DIÈGUE

Ne mêle point de soupirs à ma joie ;
Laisse-moi prendre haleine afin de te louer.
Ma valeur n'a point lieu de te désavouer :
Tu l'as bien imitée, et ton illustre audace
1030 Fait bien revivre en toi les héros de ma race :
C'est d'eux que tu descends, c'est de moi que tu viens :
Ton premier coup d'épée égale tous les miens ;
Et d'une belle ardeur ta jeunesse animée
Par cette grande épreuve atteint[1] ma renommée.
1035 Appui de ma vieillesse, et comble de mon heur,
Touche ces cheveux blancs à qui tu rends l'honneur,
Viens baiser cette joue, et reconnais la place
Où fut empreint[2] l'affront que ton courage efface.

DON RODRIGUE

L'honneur vous en est dû : je ne pouvais pas moins,
1040 Étant sorti de vous et nourri par vos soins[3].
Je m'en tiens trop heureux[4], et mon âme est ravie
Que mon coup d'essai plaise à qui je dois la vie ;
Mais parmi vos plaisirs ne soyez point jaloux
Si je m'ose à mon tour satisfaire après vous[5].

---

1. *Atteint :* égale.
2. *Empreint :* inscrit.
3. *Sorti ... soins :* né de vous et élevé par vos soins.
4. *Je m'en tiens trop heureux :* je suis très heureux de cette victoire.
5. *Si je m'ose ... vous :* si j'ose, après vous, exprimer mes sentiments.

1045 Souffrez qu'en liberté[1] mon désespoir éclate ;
Assez et trop longtemps votre discours le flatte[2].
Je ne me repens point de vous avoir servi ;
Mais rendez-moi le bien[3] que ce coup m'a ravi.
Mon bras, pour vous venger, armé contre ma flamme,
1050 Par ce coup glorieux m'a privé de mon âme[4] ;
Ne me dites plus rien ; pour vous j'ai tout perdu :
Ce que je vous devais, je vous l'ai bien rendu.

DON DIÈGUE

Porte, porte plus haut le fruit de ta victoire[5] :
Je t'ai donné la vie, et tu me rends ma gloire ;
1055 Et d'autant que l'honneur m'est plus cher que le jour,
D'autant plus maintenant je te dois de retour[6].
Mais d'un cœur magnanime éloigne ces faiblesses ;
Nous n'avons qu'un honneur, il est tant de maîtresses !
L'amour n'est qu'un plaisir, l'honneur est un devoir.

DON RODRIGUE

1060 Ah ! que me dites-vous ?

DON DIÈGUE

Ce que tu dois savoir.

DON RODRIGUE

Mon honneur offensé sur moi-même[7] se venge.
Et vous m'osez pousser à la honte du change[8] !

---

1. *En liberté* : librement.
2. *Le flatte* : le trompe.
3. *Le bien* : mon amour.
4. *De mon âme* : de ma bien-aimée.
5. *Porte ... victoire* : revendique plus fort ta victoire.
6. *De retour* : en retour.
7. *Moi-même* : le mal que Rodrigue fait à Chimène, il se l'est fait à lui-même.
8. *Change* : inconstance, infidélité.

L'infamie est pareille, et suit également[1]
Le guerrier sans courage et le perfide amant.
1065 À ma fidélité ne faites point d'injure ;
Souffrez-moi généreux sans me rendre parjure :
Mes liens sont trop forts pour être ainsi rompus ;
Ma foi m'engage encor si je n'espère plus ;
Et ne pouvant quitter ni posséder Chimène,
1070 Le trépas que je cherche est ma plus douce peine.

DON DIÈGUE

Il n'est pas temps encor de chercher le trépas :
Ton prince et ton pays ont besoin de ton bras.
La flotte qu'on craignait, dans ce grand fleuve[2] entrée,
Croit surprendre la ville et piller la contrée.
1075 Les Mores vont descendre, et le flux et la nuit
Dans une heure à nos murs les amènent sans bruit.
La cour est en désordre, et le peuple en alarmes :
On n'entend que des cris, on ne voit que des larmes
Dans ce malheur public mon bonheur a permis
1080 Que j'ai trouvé chez moi cinq cents de mes amis,
Qui sachant mon affront, poussés d'un même zèle,
Se venaient tous offrir à venger ma querelle.
Tu les as prévenus[3], mais leurs vaillantes mains
Se tremperont bien mieux au sang des Africains[4].
1085 Va marcher à leur tête où l'honneur te demande :
C'est toi que veut pour chef leur généreuse bande.
De ces vieux ennemis va soutenir l'abord[5] :
Là, si tu veux mourir, trouve une belle mort ;

---

1. *Suit également :* poursuit de la même façon.
2. *Ce grand fleuve :* le Guadalquivir.
3. *Prévenus :* devancés.
4. *Au sang des Africains :* dans le sang des Mores.
5. *L'abord :* l'attaque.

Prends-en l'occasion, puisqu'elle t'est offerte ;
1090 Fais devoir à ton roi[1] son salut à ta perte ;
Mais reviens-en[2] plutôt les palmes sur le front.
Ne borne pas ta gloire à venger un affront ;
Porte-la plus avant[3] : force par ta vaillance
Ce monarque au pardon, et Chimène au silence ;
1095 Si tu l'aimes, apprends que revenir vainqueur,
C'est l'unique moyen de regagner son cœur.
Mais le temps est trop cher pour le perdre en paroles ;
Je t'arrête en discours, et je veux que tu voles.
Viens, suis-moi, va combattre et montrer à ton roi
1100 Que ce qu'il perd au Comte[4] il le recouvre en toi.

---

1. *Fais devoir à ton roi :* fais que ton roi doive.
2. *Reviens-en :* reviens de la bataille.
3. *Porte-la plus avant :* porte ton ambition plus haut.
4. *Au Comte :* en la personne du Comte.

Acte III Scènes 4, 5 et 6

LE HÉROS CORNÉLIEN

1. Pourquoi Corneille a-t-il attendu la scène 4 de l'acte III pour organiser cette rencontre entre les deux héros de la pièce ? Quel est l'effet produit ? Qu'apporte cette scène à l'ensemble de la pièce ? Pourrait-on la supprimer ? Pourquoi ?

2. Relevez dans la tirade de Rodrigue (vers 869-904) un vers montrant que Rodrigue ne regrette rien. Comment explique-t-il son geste ?

3. Comment comprenez-vous le vers 888 ? Quel principe met-il en évidence ? Montrez, en citant le texte, que Chimène reprend ce principe à son propre compte dans les vers 905 à 932.

4. À quelle règle supérieure le héros cornélien obéit-il coûte que coûte ?

5. Rodrigue refuse de participer à la joie de son père (sc. 6). En quels termes l'exprime-t-il ?

LES SENTIMENTS...

6. À votre avis, Chimène est-elle coupable de continuer à aimer l'assassin de son père ? Au fond de son cœur, souhaite-t-elle la mort de Rodrigue ? Citez le texte à l'appui de votre réponse.

7. Chimène associe son amour à sa « gloire » (vers 970-972). Quel est le sens de ce mot au XVIIe siècle (voir p. 25) ?

... ET LEUR EXPRESSION

8. Relevez quelques vers où s'exprime le désespoir amoureux.

9. Comment le style des premières répliques (sc. 4) traduit-il la surprise de Chimène ? Par quel procédé Corneille donne-t-il de la force au vers 925 ?

10. Que signifie le mot « générosité » dans le vers 930 ? Quel est le sens de ce mot maintenant ? Trouvez dans cette scène un autre mot qui n'a plus le même sens aujourd'hui.

11. Traduisez le sens du vers 963.

12. Comment Don Diègue montre-t-il sa tendresse à l'égard de son fils (sc. 5) ?

13. Relevez les termes qui expriment tantôt son inquiétude, tantôt son exaltation.

Questions sur l'ensemble de l'acte III

LES PERSONNAGES ET LEURS IDÉES

1. L'acte III est presque exclusivement consacré à Rodrigue et à Chimène. Sont-ils, pour vous, des êtres humains ou des personnages de théâtre ? Leurs idées et leurs sentiments vous paraissent-ils artificiels ou authentiques ? Argumentez votre réponse.

2. Pensez-vous que les idées de Chimène et de Rodrigue sur l'honneur et la gloire soient encore d'actualité ?

3. Partagez-vous l'opinion de Rodrigue et Chimène selon laquelle l'amour est inséparable de l'admiration ? Développez votre point de vue sur cette question.

L'ACTION, LE TEMPS ET LE LIEU

4. Quelle est la scène la plus importante du point de vue de l'action ? Que nous fait-elle craindre ou espérer ?

5. Pensez-vous que les événements s'enchaînent trop vite les uns aux autres ? Développez votre point de vue.

6. Corneille précise-t-il la durée qui sépare l'épisode du soufflet de la mort du Comte ; la mort du Comte de l'arrivée des Mores ? À votre avis, combien de temps nécessite cette suite d'événements ?

7. Pourquoi est-il dangereux pour Rodrigue de se montrer soit chez Chimène, soit sur la place publique ?

LA MISE EN SCÈNE

8. Précisez le lieu de chacune des scènes composant l'acte III. Qu'apporte au spectateur l'alternance des scènes d'intérieur et des scènes d'extérieur ?

9. Don Diègue et Rodrigue pourraient-ils se rencontrer ailleurs que sur la place publique à la fin de l'acte III ? Pourquoi ?

Acte IV

Chez Chimène.

SCÈNE PREMIÈRE. CHIMÈNE, ELVIRE.

CHIMÈNE

N'est-ce point un faux fruit ? le sais-tu bien, Elvire ?

ELVIRE

Vous ne croiriez jamais comme chacun l'admire,
Et porte jusqu'au ciel, d'une commune voix,
De ce jeune héros les glorieux exploits.
105 Les Mores devant lui n'ont paru qu'à leur honte[1] ;
Leur abord fut bien prompt, leur fuite encor plus
[prompte.
Trois heures de combat laissent à nos guerriers
Une victoire entière et deux rois prisonniers.
La valeur de leur chef ne trouvait point d'obstacles.

CHIMÈNE

110 Et la main de Rodrigue a fait tous ces miracles ?

ELVIRE

De ses nobles efforts ces deux rois sont le prix :
Sa main les a vaincus, et sa main les a pris.

CHIMÈNE

De qui peux-tu savoir ces nouvelles étranges ?

ELVIRE

Du peuple, qui partout fait sonner ses louanges,

---

1. *N'ont paru qu'à leur honte :* se sont couverts de honte.

1115 Le nomme de sa joie et l'objet et l'auteur,
Son ange tutélaire[1], et son libérateur.

CHIMÈNE

Et le Roi, de quel œil voit-il tant de vaillance ?

ELVIRE

Rodrigue n'ose encor paraître en sa présence ;
Mais don Diègue ravi lui présente enchaînés,
1120 Au nom de ce vainqueur, ces captifs couronnés[2],
Et demande pour grâce à ce généreux prince
Qu'il daigne voir la main qui sauve la province[3].

CHIMÈNE

Mais n'est-il point blessé ?

ELVIRE

    Je n'en ai rien appris.
Vous changez de couleur ! reprenez vos esprits.

CHIMÈNE

1125 Reprenons donc aussi ma colère affaiblie :
Pour avoir soin de lui faut-il que je m'oublie[4] ?
On le vante, on le loue, et mon cœur y consent !
Mon honneur est muet, mon devoir impuissant !
Silence, mon amour, laisse agir ma colère :
1130 S'il a vaincu deux rois, il a tué mon père ;
Ces tristes vêtements, où je lis mon malheur,
Sont les premiers effets qu'ait produits sa valeur[5] ;

---

1. *Tutélaire :* protecteur.
2. *Ces captifs couronnés :* les rois mores que Rodrigue a faits prisonniers.
3. *La province :* le royaume.
4. *Pour avoir ... m'oublie ? :* dois-je oublier mon devoir parce qu'il m'est cher ?
5. *Les premiers ... valeur :* c'est à sa vaillance que je dois, avant tout, d'avoir perdu mon père.

Et quoi qu'on die[1] ailleurs d'un cœur si magnanime,
Ici tous les objets me parlent de son crime.
1135 Vous qui rendez la force à mes ressentiments,
Voile, crêpes, habits, lugubres ornements,
Pompe[2] que me prescrit sa première victoire,
Contre ma passion soutenez[3] bien ma gloire ;
Et lorsque mon amour prendra trop de pouvoir,
1140 Parlez à mon esprit de mon triste devoir,
Attaquez sans rien craindre une main triomphante.

ELVIRE

Modérez ces transports, voici venir l'Infante.

SCÈNE 2. L'INFANTE, CHIMÈNE, LÉONOR, ELVIRE.

L'INFANTE

Je ne viens pas ici consoler tes douleurs ;
Je viens plutôt mêler mes soupirs à tes pleurs.

CHIMÈNE

1145 Prenez bien plutôt part à la commune joie,
Et goûtez le bonheur que le ciel vous envoie,
Madame : autre[4] que moi n'a droit de soupirer.
Le péril dont Rodrigue a su nous retirer,
Et le salut public que vous rendent ses armes,
1150 À moi seule aujourd'hui souffrent encor les larmes :
Il a sauvé la ville, il a servi son roi ;
Et son bras valeureux n'est funeste qu'à moi.

---

1. *Die* : *dise.* Forme ancienne du subjonctif de « dire ».
2. *Voile... Pompe :* deuil de Chimène pour son père et décoration funèbre de sa maison.
3. *Soutenez :* fortifiez.
4. *Autre :* aucune autre.

L'INFANTE

Ma Chimène, il est vrai qu'il a fait des merveilles[1].

CHIMÈNE

Déjà ce bruit fâcheux a frappé mes oreilles ;
1155 Et je l'entends partout publier hautement[2]
Aussi brave guerrier que malheureux amant.

L'INFANTE

Qu'a de fâcheux pour toi ce discours populaire[3] ?
Ce jeune Mars[4] qu'il loue a su jadis te plaire :
Il possédait ton âme, il vivait sous tes lois ;
1160 Et vanter sa valeur, c'est honorer[5] ton choix.

CHIMÈNE

Chacun peut la vanter avec quelque justice[6] ;
Mais pour moi sa louange est un nouveau supplice.
On aigrit ma douleur en l'élevant si haut[7] :
Je vois ce que je perds quand je vois ce qu'il vaut.
1165 Ah ! cruels déplaisirs à l'esprit d'une amante !
Plus j'apprends son mérite, et plus mon feu s'augmente :
Cependant mon devoir est toujours le plus fort,
Et, malgré mon amour, va poursuivre[8] sa mort.

L'INFANTE

Hier ce devoir[9] te mit en une haute estime ;

---

1. *Merveilles :* miracles.
2. *Publier hautement :* qu'on le proclame.
3. *Populaire :* tenu par le peuple.
4. *Mars :* dieu de la Guerre chez les Romains.
5. *Honorer :* faire honneur à.
6. *Avec quelque justice :* avec quelque raison.
7. *On... haut :* ma douleur augmente en voyant Rodrigue élevé si haut.
8. *Poursuivre :* chercher à obtenir.
9. *Hier ce devoir :* le souci de ton devoir (allusion à la scène 8, acte II).

114

1170 L'effort que tu te fis[1] parut si magnanime,
Si digne d'un grand cœur, que chacun à la cour
Admirait ton courage et plaignait ton amour.
Mais croirais-tu l'avis d'une amitié fidèle ?

CHIMÈNE

Ne vous obéir pas me rendrait criminelle.

L'INFANTE

1175 Ce qui fut juste alors ne l'est plus aujourd'hui.
Rodrigue maintenant est notre unique appui,
L'espérance et l'amour d'un peuple qui l'adore,
Le soutien de Castille, et la terreur du More.
Le Roi même est d'accord de[2] cette vérité,
1180 Que ton père en lui seul se voit ressuscité ;
Et si tu veux enfin qu'en deux mots je m'explique,
Tu poursuis en sa mort la ruine publique[3].
Quoi ! pour venger un père est-il jamais permis
De livrer sa patrie aux mains des ennemis ?
1185 Contre nous ta poursuite est-elle légitime[4],
Et pour être punis avons-nous part au crime[5] ?
Ce n'est pas qu'après tout tu doives épouser[6]
Celui qu'un père mort t'obligeait d'accuser :
Je te voudrais moi-même en arracher l'envie ;
1190 Ôte-lui ton amour, mais laisse-nous sa vie.

---

1. *Que tu te fis* : que tu fis sur toi-même.
2. *De* : sur.
3. *Tu poursuis... publique* : c'est la ruine de l'État que tu recherches en voulant sa mort.
4. *Contre... légitime* : est-il juste que tu recherches notre propre mort ?
5. *Et pour... crime ?* : sommes-nous responsables pour que tu veuilles nous punir ?
6. *Ce... épouser* : tu n'es pas forcée d'épouser.

115

Chimène

Ah ! ce n'est pas à moi d'avoir tant de bonté ;
Le devoir qui m'aigrit n'a rien de limité[1].
Quoique pour ce vainqueur mon amour s'intéresse,
Quoiqu'un peuple l'adore et qu'un roi le caresse[2],
1195 Qu'il soit environné des plus vaillants guerriers,
J'irai sous mes cyprès[3] accabler ses lauriers.

L'Infante

C'est générosité quand pour venger un père
Notre devoir attaque une tête si chère ;
Mais c'en est une encor d'un plus illustre rang,
1200 Quand on donne au public les intérêts du sang[4].
Non, crois-moi, c'est assez que d'éteindre ta flamme ;
Il sera trop puni s'il n'est plus dans ton âme.
Que le bien du pays t'impose cette loi :
Aussi bien[5], que crois-tu que t'accorde le Roi ?

Chimène

1205 Il peut me refuser[6], mais je ne puis me taire.

L'Infante

Pense bien, ma Chimène, à ce que tu veux faire.
Adieu : tu pourras seule y penser à loisir.

Chimène

Après mon père mort[7], je n'ai point à choisir.

---

1. *N'a rien de limité :* ne connaît pas de limites.
2. *Le caresse :* le flatte.
3. *Cyprès :* arbre ornant souvent les cimetières.
4. *Quand... du sang :* quand on sacrifie son propre intérêt à l'intérêt public.
5. *Aussi bien :* de toute façon.
6. *Il peut me refuser :* il peut refuser le châtiment de Rodrigue.
7. *Après mon père mort :* après la mort de mon père.

Acte IV Scènes 1 et 2

L'ACTION

1. Que nous apprennent ces deux premières scènes de l'acte IV ?

2. Quelle influence ces événements pourront-ils avoir sur la destinée de Rodrigue ?

LES PERSONNAGES

3. Relevez quelques vers montrant que Rodrigue est devenu un héros national. Sur quel aspect de son intervention insistent les mots « miracles » (v. 1110) et « merveilles » (v. 1153) ? À qui compare-t-on Rodrigue (sc. 2) ? Est-ce injurieux pour Chimène ?

4. Analysez les sentiments successifs de Chimène au cours de la première scène. Citez le texte de façon précise. Le triomphe de Rodrigue va-t-il l'influencer ? Pourquoi ?

5. Quel est le conseil que l'Infante donne à Chimène ? À quel intérêt obéit-elle ?

LE STYLE DE CORNEILLE

6. Pour retomber sur les douze syllabes de chaque alexandrin, Corneille a eu recours au procédé de la « diérèse » (lecture qui permet de séparer deux voyelles afin qu'elles comptent pour deux syllabes dans le vers) :
ex. : Con-tre-ma-pas-**si-on**-sou-te-nez-bien-ma-gloire (vers 1138). Trouvez dans la pièce trois vers sur lesquels s'exerce la diérèse.

7. Sachant que le « e » muet se prononce devant une consonne, mais non devant une voyelle, ni en fin de vers, faites le compte des syllabes dans les vers 1102 à 1109.

8. Corneille utilise de nombreuses figures de style comme la métaphore, l'antithèse, l'alliance de mots, la répétition, la personnification (voir p. 203). Quelle impression produisent-elles sur celui qui les entend ou qui les lit ? Citez des exemples précis.

Chez le Roi.

SCÈNE 3. DON FERNAND, DON DIÈGUE, DON ARIAS, DON RODRIGUE, DON SANCHE.

DON FERNAND

Généreux héritier d'une illustre famille,
1210 Qui fut toujours la gloire et l'appui de Castille,
Race de tant d'aïeux en valeur signalés[1],
Que l'essai de la tienne a sitôt égalés[2],
Pour te récompenser ma force est trop petite ;
Et j'ai moins de pouvoir que tu n'as de mérite.
1215 Le pays délivré d'un si rude ennemi,
Mon sceptre[3] dans ma main par la tienne affermi,
Et les Mores défaits avant qu'en ces alarmes
J'eusse pu donner ordre à[4] repousser leurs armes,
Ne sont point des exploits qui laissent à ton roi
1220 Le moyen ni l'espoir de s'acquitter vers[5] toi.
Mais deux rois tes captifs feront ta récompense.
Ils t'ont nommé tous deux leur Cid[6] en ma présence :
Puisque Cid en leur langue est autant que seigneur,
Je ne t'envierai[7] pas ce beau titre d'honneur.
1225 Sois désormais le Cid : qu'à ce grand nom tout cède ;
Qu'il comble d'épouvante et Grenade et Tolède,

---

1. *Race... signalés :* descendant de tant d'aïeux célèbres pour leur bravoure.
2. *Que l'essai... égalés :* bravoure que tu as égalée dès le premier essai.
3. *Sceptre :* symbole du pouvoir royal.
4. *Ordre à :* l'ordre de.
5. *Vers :* envers.
6. *Cid :* seigneur, chef de tribu.
7. *Je ne t'envierai :* je ne te refuserai pas.

Jean-Louis Barrault (Don Fernand)
au théâtre du Rond-Point, 1985.

Et qu'il marque à tous ceux qui vivent sous mes lois
Et ce que tu me vaux, et ce que je te dois.

DON RODRIGUE

Que Votre Majesté, Sire, épargne ma honte[1].
1230 D'un si faible service elle fait trop de conte[2],
Et me force à rougir devant un si grand roi
De mériter si peu l'honneur que j'en reçoi.
Je sais trop que je dois au bien de votre empire,
Et le sang qui m'anime, et l'air que je respire ;
1235 Et quand je les perdrai pour un si digne objet[3],
Je ferai seulement le devoir d'un sujet.

DON FERNAND

Tous ceux que ce devoir à mon service engage
Ne s'en acquittent pas avec même courage ;
Et lorsque la valeur ne va point dans l'excès[4],
1240 Elle ne produit point de si rares succès.
Souffre donc qu'on te loue[5], et de cette victoire
Apprends-moi plus au long[6] la véritable histoire.

DON RODRIGUE

Sire, vous avez su qu'en ce danger pressant,
Qui jeta dans la ville un effroi si puissant,
1245 Une troupe d'amis chez mon père assemblée
Sollicita[7] mon âme encor toute troublée...

---

1. *Ma honte :* ma modestie.
2. *Elle fait trop de conte :* elle accorde trop d'importance.
3. *Un si digne objet :* une raison aussi importante.
4. *Ne va point dans l'excès :* n'est pas si grande.
5. *Souffre donc qu'on te loue :* accepte donc que l'on te complimente.
6. *Plus au long :* en détail.
7. *Sollicita :* stimula, poussa à agir.

Mais, Sire, pardonnez à ma témérité,
Si j'osai l'employer sans votre autorité[1] :
Le péril approchait ; leur brigade[2] était prête ;
1250 Me montrant à la cour, je hasardais ma tête[3] ;
Et s'il fallait la perdre, il m'était bien plus doux
De sortir de la vie en combattant pour vous.

DON FERNAND

J'excuse ta chaleur[4] à venger ton offense ;
Et l'État défendu me parle en ta défense :
1255 Crois que dorénavant Chimène a beau parler,
Je ne l'écoute plus que pour la consoler.
Mais poursuis.

DON RODRIGUE

Sous moi[5] donc cette troupe s'avance,
Et porte sur le front une mâle assurance.
Nous partîmes cinq cents ; mais par un prompt renfort
1260 Nous nous vîmes trois mille en arrivant au port.
Tant, à nous voir[6] marcher avec un tel visage,
Les plus épouvantés reprenaient de courage !
J'en cache les deux tiers, aussitôt qu'arrivés,
Dans le fond des vaisseaux qui lors furent trouvés[7] ;
1265 Le reste, dont le nombre augmentait à toute heure,
Brûlant d'impatience autour de moi demeure,
Se couche contre terre et, sans faire aucun bruit,

---

1. *Sans votre autorité :* sans votre permission.
2. *Brigade :* troupe.
3. *Me montrant à la cour, je hasardais ma tête :* en me montrant à la cour, je risquais ma tête.
4. *J'excuse ta chaleur :* je pardonne ta réaction impulsive.
5. *Sous moi :* sous mon commandement.
6. *À nous voir :* lorsqu'ils nous voyaient.
7. *Qui lors furent trouvés :* que nous trouvâmes alors.

Passe une bonne part d'une si belle nuit[1].
Par mon commandement la garde en fait de même,
1270 Et se tenant cachée, aide à mon stratagème ;
Et je feins hardiment d'avoir reçu de vous
L'ordre qu'on me voit suivre et que je donne à tous.
    Cette obscure clarté qui tombe des étoiles
Enfin avec le flux nous fait voir trente voiles[2] ;
1275 L'onde s'enfle dessous, et d'un commun effort
Les Mores et la mer montent jusques au port.
On les laisse passer ; tout leur paraît tranquille :
Point de soldats au port, point aux murs de la ville.
Notre profond silence abusant[3] leurs esprits,
1280 Ils n'osent plus douter[4] de nous avoir surpris ;
Ils abordent sans peur, ils ancrent[5], ils descendent,
Et courent se livrer aux mains qui les attendent.
Nous nous levons alors, et tous en même temps
Poussons jusques au ciel mille cris éclatants.
1285 Les nôtres, à ces cris, de nos vaisseaux répondent ;
Ils paraissent armés[6], les Mores se confondent[7],
L'épouvante les prend à demi descendus[8] ;
Avant que de combattre, ils s'estiment perdus.
Ils couraient au pillage, et rencontrent la guerre ;
1290 Nous les pressons[9] sur l'eau, nous les pressons

                              [sur terre,
Et nous faisons courir des ruisseaux de leur sang,

---

1. *Passe ... nuit :* laisse passer une grande partie de cette si belle nuit.
2. *Le flux ... voiles :* sur la mer apparaissent trente vaisseaux.
3. *Abusant :* trompant.
4. *Ils n'osent plus douter :* ils sont sûrs.
5. *Ils ancrent :* ils jettent l'ancre des bateaux à l'eau.
6. *Ils paraissent armés :* ils apparaissent, en armes.
7. *Se confondent :* les Mores réagissent dans le plus grand désordre.
8. *À demi descendus :* alors qu'ils quittent à peine les bateaux.
9. *Pressons :* harcelons.

Avant qu'aucun résiste ou reprenne son rang.
Mais bientôt, malgré nous, leurs princes les rallient ;
Leur courage renaît, et leurs terreurs s'oublient[1] :
1295 La honte de mourir sans avoir combattu
Arrête leur désordre, et leur rend leur vertu.
Contre nous de pied ferme ils tirent leurs alfanges[2] ;
De notre sang au leur font d'horribles mélanges.
Et la terre, et le fleuve, et leur flotte, et le port,
1300 Sont des champs de carnage, où triomphe la mort.
Ô combien d'actions, combien d'exploits célèbres[3]
Sont demeurés sans gloire au milieu des ténèbres,
Où chacun, seul témoin des grands coups qu'il donnait,
Ne pouvait discerner où le sort inclinait[4] !
1305 J'allais de tous côtés encourager les nôtres,
Faire avancer les uns, et soutenir les autres,
Ranger ceux qui venaient, les pousser à leur tour,
Et ne l'ai pu savoir[5] jusques au point du jour.
Mais enfin sa clarté[6] montre notre avantage :
1310 Le More voit sa perte et perd soudain courage ;
Et voyant un renfort qui nous vient secourir,
L'ardeur de vaincre cède à la peur de mourir.
Ils gagnent leurs vaisseaux, ils en coupent les câbles,
Poussent jusques aux cieux des cris épouvantables,
1315 Font retraite en tumulte, et sans considérer[7]
Si leurs rois avec eux peuvent se retirer.

---

1. *Et leurs terreurs s'oublient :* ils oublient leurs terreurs.
2. *Alfanges :* sabres courts appelés cimeterres.
3. *Célèbres :* éclatants.
4. *Où le sort inclinait :* qui était vainqueur.
5. *Et ne l'ai pu savoir :* et je n'ai pu savoir qui était vainqueur (où le sort inclinait).
6. *Sa clarté :* la clarté du jour.
7. *Considérer :* prêter attention à, vérifier.

Pour souffrir ce devoir[1] leur frayeur est trop forte :
Le flux les apporta ; le reflux les remporte,
Cependant que leurs rois, engagés parmi nous[2],
1320 Et quelque peu des leurs, tous percés de nos coups,
Disputent vaillamment et vendent bien leur vie.
À se rendre moi-même en vain je les convie :
Le cimeterre au poing, ils ne m'écoutent pas ;
Mais voyant à leurs pieds tomber tous leurs soldats,
1325 Et que[3] seuls désormais en vain ils se défendent,
Ils demandent le chef : je me nomme, ils se rendent.
Je vous les envoyai tous deux en même temps ;
Et le combat cessa faute de combattants.
C'est de cette façon que, pour votre service...

SCÈNE 4. DON FERNAND, DON DIÈGUE, DON RODRIGUE, DON ARIAS, DON ALONSE, DON SANCHE.

DON ALONSE

1330 Sire, Chimène vient vous demander justice.

DON FERNAND

La fâcheuse nouvelle, et l'importun[4] devoir !
Va, je ne la veux pas obliger à te voir.

---

1. *Pour souffrir ce devoir :* pour qu'ils songent à faire leur devoir.
2. *Engagés parmi nous :* luttant contre nous.
3. *Et que :* et voyant que.
4. *Importun :* fâcheux, désagréable.

Pour tous remerciements, il faut que je te chasse ;
Mais avant que[1] sortir, viens, que ton roi t'embrasse.
(Don Rodrigue rentre.)

DON DIÈGUE

1335 Chimène le poursuit, et voudrait le sauver.

DON FERNAND

On m'a dit qu'elle l'aime, et je vais l'éprouver[2].
Montrez un œil plus triste[3].

SCÈNE 5. DON FERNAND, DON DIÈGUE, DON ARIAS, DON SANCHE, DON ALONSE, CHIMÈNE, ELVIRE.

DON FERNAND

          Enfin, soyez contente,
Chimène, le succès répond à votre attente :
Si de nos ennemis Rodrigue a le dessus,
1340 Il est mort à nos yeux[4] des coups qu'il a reçus ;
Rendez grâces au ciel qui vous en a vengée.
(À don Diègue.)
Voyez comme déjà sa couleur est changée.

DON DIÈGUE

Mais voyez qu'elle pâme[5], et d'un amour parfait,
Dans cette pâmoison, Sire, admirez l'effet[6].

---

1. *Avant que :* avant de.
2. *L'éprouver :* la mettre à l'épreuve.
3. *Montrez un œil plus triste ;* ayez l'air plus triste.
4. *À nos yeux :* sous nos yeux.
5. *Pâme :* s'évanouit. *Pâmoison :* évanouissement.
6. *L'effet :* la preuve.

125

1345 Sa douleur a trahi les secrets de son âme,
Et ne vous permet plus de douter de sa flamme.

CHIMÈNE

Quoi ! Rodrigue est donc mort ?

DON FERNAND

Non, non, il voit
[le jour[1],
Et te conserve encore un immuable amour :
Calme cette douleur qui pour lui s'intéresse[2].

CHIMÈNE

1350 Sire, on pâme de joie, ainsi que de tristesse :
Un excès de plaisir nous rend tous languissants[3] ;
Et quand il surprend l'âme, il accable les sens[4].

DON FERNAND

Tu veux qu'en ta faveur[5] nous croyions l'impossible ?
Chimène, ta douleur a paru trop visible.

CHIMÈNE

1355 Eh bien ! Sire, ajoutez ce comble à mon malheur,
Nommez ma pâmoison l'effet de ma douleur :
Un juste déplaisir[6] à ce point m'a réduite.
Son trépas dérobait sa tête à ma poursuite ;
S'il meurt des coups reçus pour le bien du pays,
1360 Ma vengeance est perdue et mes desseins trahis[7] :
Une si belle fin m'est trop injurieuse[8].

---

1. *Il voit le jour :* il est vivant.
2. *S'intéresse :* s'éveille.
3. *Languissants :* faibles, sans forces.
4. *Il accable les sens :* il affecte le corps.
5. *En ta faveur :* pour te complaire.
6. *Un juste déplaisir :* une douleur légitime.
7. *Trahis :* impossibles.
8. *Injurieuse :* injuste.

Je demande sa mort, mais non pas glorieuse,
Non pas dans un éclat qui l'élève si haut,
Non pas au lit d'honneur, mais sur un échafaud ;
1365 Qu'il meure pour mon père[1], et non pour la patrie ;
Que son nom soit taché, sa mémoire flétrie.
Mourir pour le pays n'est pas un triste sort ;
C'est s'immortaliser par une belle mort.

J'aime donc sa victoire, et je le puis sans crime ;
1370 Elle assure l'État[2] et me rend ma victime,
Mais noble, mais fameuse entre tous les guerriers,
Le chef, au lieu de fleurs[3], couronné de lauriers ;
Et pour dire en un mot ce que j'en considère[4],
Digne d'être immolée aux mânes[5] de mon père...
1375 Hélas ! à quel espoir me laissé-je emporter !
Rodrigue de ma part n'a rien à redouter :
Que pourraient contre lui des larmes qu'on méprise ?
Pour lui tout votre empire est un lieu de franchise[6].
Là, sous votre pouvoir, tout lui devient permis ;
1380 Il triomphe de moi comme des ennemis.
Dans leur sang répandu la justice étouffée
Au crime du vainqueur sert d'un[7] nouveau trophée :
Nous en croissons la pompe[8], et le mépris des lois
Nous fait suivre son char au milieu de deux rois[9].

---

1. *Pour mon père :* pour avoir tué mon père.
2. *Elle assure l'État :* elle met en sécurité l'État.
3. *Fleurs :* fleurs mortuaires.
4. *Ce que j'en considère :* ce que j'en pense.
5. *Mânes :* âme d'un mort.
6. *Un lieu de franchise :* endroit où il ne risque rien.
7. *D'un :* de.
8. *Nous en croissons la pompe :* nous accroissons son triomphe.
9. *Nous ... rois :* coutume antique selon laquelle les captifs suivaient le char du général victorieux. Les deux rois ont été faits prisonniers par Rodrigue.

DON FERNAND

1385 Ma fille, ces transports ont trop de violence.
Quand on rend la justice, on met tout en balance.
On a tué ton père, il était l'agresseur ;
Et la même équité[1] m'ordonne la douceur.
Avant que d'accuser ce que j'en fais paraître[2],
1390 Consulte bien ton cœur : Rodrigue en est le maître,
Et ta flamme en secret rend grâces à ton roi,
Dont la faveur conserve un tel amant pour toi.

CHIMÈNE

Pour moi ! mon ennemi ! l'objet de ma colère !
L'auteur de mes malheurs ! l'assassin de mon père !
1395 De ma juste poursuite on fait si peu de cas
Qu'on me croit obliger en ne m'écoutant pas !
Puisque vous refusez la justice à mes larmes,
Sire, permettez-moi de recourir aux armes ;
C'est par là seulement qu'il a su m'outrager,
1400 Et c'est aussi par là que je me dois venger.
À tous vos cavaliers je demande sa tête :
Oui, qu'un d'eux me l'apporte, et je suis sa conquête ;
Qu'ils le combattent, Sire ; et le combat fini,
J'épouse le vainqueur, si Rodrigue est puni.
1405 Sous votre autorité souffrez qu'on le publie.

DON FERNAND

Cette vieille coutume en ces lieux établie,
Sous couleur de punir[3] un injuste attentat,
Des meilleurs combattants affaiblit un État ;
Souvent de cet abus le succès déplorable

---

1. *La même équité* : la justice même.
2. *Ce que j'en fais paraître* : ma douceur, ma clémence.
3. *Sous couleur de punir* : sous prétexte de.

1410 Opprime l'innocent, et soutient le coupable.
J'en dispense Rodrigue : il m'est trop précieux
Pour l'exposer[1] aux coups d'un sort capricieux ;
Et quoi qu'ait pu commettre un cœur si magnanime,
Les Mores en fuyant ont emporté son crime.

DON DIÈGUE

1415 Quoi ! Sire, pour lui seul vous renversez des lois
Qu'a vu toute la cour observer tant de fois !
Que croira votre peuple et que dira l'envie[2],
Si sous votre défense il ménage[3] sa vie,
Et s'en fait un prétexte à ne paraître pas
1420 Où tous les gens d'honneur cherchent un beau trépas ?
De pareilles faveurs terniraient trop sa gloire :
Qu'il goûte sans rougir les fruits de sa victoire.
Le Comte eut de l'audace ; il l'en a su punir :
Il l'a fait en brave homme, et le doit maintenir[4].

DON FERNAND

1425 Puisque vous le voulez, j'accorde qu'il le fasse ;
Mais d'un guerrier vaincu mille prendraient la place,
Et le prix que Chimène au vainqueur a promis
De tous mes cavaliers ferait ses ennemis[5].
L'opposer seul à tous serait trop d'injustice :
1430 Il suffit qu'une fois il entre dans la lice[6].
Choisis qui tu voudras, Chimène, et choisis bien ;
Mais après ce combat ne demande plus rien.

---

1. *Pour l'exposer :* pour que je l'expose.
2. *Que dira l'envie :* que diront les jaloux.
3. *Il ménage :* il protège.
4. *Il ... maintenir :* en homme courageux, il doit défendre sa position.
5. *Et le prix .../... ennemis :* Chimène s'étant promise au vainqueur, tous les gentilshommes de la cour sont prêts à affronter Rodrigue.
6. *La lice :* l'arène du combat.

DON DIÈGUE

N'excusez point par là ceux que son bras étonne :
Laissez un champ ouvert où n'entrera personne.
1435 Après ce que Rodrigue a fait voir aujourd'hui,
Quel courage assez vain s'oserait prendre à lui ?
Qui se hasarderait contre un tel adversaire ?
Qui serait ce vaillant, ou bien ce téméraire ?

DON SANCHE

Faites ouvrir le champ : vous voyez l'assaillant ;
1440 Je suis ce téméraire, ou plutôt ce vaillant.
    Accordez cette grâce à l'ardeur qui me presse,
Madame : vous savez quelle est votre promesse.

DON FERNAND

Chimène, remets-tu ta querelle en sa main ?

CHIMÈNE

Sire, je l'ai promis.

DON FERNAND

            Soyez prêt à demain.

DON DIÈGUE

1445 Non, Sire, il ne faut pas différer davantage :
On est toujours trop prêt quand on a du courage.

DON FERNAND

Sortir d'une bataille, et combattre à l'instant !

DON DIÈGUE

Rodrigue a pris haleine en vous la racontant.

DON FERNAND

Du moins une heure ou deux je veux qu'il se délasse.
1450 Mais de peur qu'en exemple un tel combat ne passe[1],

---

1. *Qu'en exemple ... passe :* qu'un tel combat ne devienne un
exemple.

Pour témoigner à tous qu'à regret je permets
Un sanglant procédé[1] qui ne me plut jamais,
De moi ni de ma cour il n'aura la présence.
(Il parle à don Arias.)
Vous seul des combattants jugerez la vaillance :
1455 Ayez soin que tous deux fassent[2] en gens de cœur,
Et, le combat fini, m'amenez le vainqueur.
Qui qu'il soit, même prix est acquis à sa peine[3] :
Je le veux de ma main présenter à Chimène,
Et que pour récompense il reçoive sa foi[4].

CHIMÈNE

1460 Quoi ! Sire, m'imposer une si dure loi !

DON FERNAND

Tu t'en plains ; mais ton feu, loin d'avouer[5] ta plainte,
Si Rodrigue est vainqueur, l'accepte sans contrainte.
Cesse de murmurer contre un arrêt si doux :
Qui que ce soit des deux, j'en ferai ton époux.

---

1. *Un sanglant procédé :* le duel.
2. *Fassent :* agissent.
3. *Même prix ... peine :* son courage recevra la même récompense.
4. *Sa foi :* sa promesse de l'épouser.
5. *D'avouer :* d'approuver.

Acte IV Scènes 3, 4 et 5

LE CID

1. Pourquoi Rodrigue a-t-il été surnommé « le Cid » par ses ennemis (vers 1222) ? Quel sentiment les Mores traduisent-ils à travers cette dénomination ?

2. Citez un vers dans lequel Rodrigue exprime sa modestie et son respect à l'égard du Roi.

3. Pourquoi a-t-il pris l'initiative de la bataille sans la permission du Roi ? Citez le texte. N'avait-il pas une autre raison de se précipiter au combat ? Quels sont les sentiments du Roi dans cette scène ?

4. Dans quel vers promet-il de soutenir Rodrigue contre Chimène ? Lui donnez-vous raison ? Pourquoi ?

LE RÉCIT DE LA BATAILLE

5. Quelles ont été les phases successives de l'expédition ?

6. Par quels sentiments étaient animés les compagnons de Rodrigue ? Citez le texte.

7. Quelle est la valeur du présent de l'indicatif dans ce récit ?

8. Montrez, en citant quelques images saisissantes, que les combats ont été très violents.

9. Notez les indications de lumière et de bruits. Qu'apportent-elles au récit ?

10. Comment s'appelle la figure de style utilisée dans le vers 1273 ?

L'INTÉRÊT DRAMATIQUE

11. Quelles sont les deux parties de la scène 3 ? À quoi sert la première partie ?

12. Pourquoi le Roi fait-il croire à Chimène que Rodrigue est mort (sc. 4 et 5) ? Que pensez-vous du procédé ? Que traduit la réaction de Chimène ?

13. Un nouveau duel va avoir lieu : en quoi est-il différent du duel qui a opposé Rodrigue et le Comte ? Quel en sera le prix ?

Questions sur l'ensemble de l'acte IV

LES PERSONNAGES

1. Dans la scène 1 de l'acte I, Elvire soulignait la ressemblance entre Rodrigue et Don Sanche (vers 26 à 28). Pensez-vous, après votre lecture de l'acte IV, que ce rapprochement soit justifié ? Vers qui va votre sympathie ? Pourquoi ?

2. Quelles qualités reconnaissez-vous à Don Sanche ?

3. Quels sont les traits dominants (caractère, personnalité, etc.) de Rodrigue au cours de cet acte ?

4. Seule Chimène refuse de céder à la joie générale. Pourquoi ?

L'ACTION, LE TEMPS ET LE LIEU

5. Qu'attendons-nous de l'acte V ? Quels sont les deux scénarios possibles pour le dénouement ?

6. Classez dans l'ordre chronologique les événements suivants : la mort du Comte, le combat contre les Mores, le soufflet, la décision de Don Fernand d'avoir recours au duel judiciaire.

7. Relisez la scène 1 : combien d'heures a duré la bataille ? est-ce possible ?

8. De combien de temps Rodrigue dispose-t-il pour se reposer avant son duel avec Don Sanche (vers 1445 à 1449) ? À quelle heure environ aura donc lieu cette rencontre ?

9. Dans quel lieu unique se déroule l'acte IV ? Que symbolise ce lieu ?

LES IDÉES

10. Chimène modifie-t-elle sa position au cours de l'acte IV ? Pourquoi ?

11. En quoi consiste, dans cet acte, l'héroïsme de Rodrigue ?

12. Quelle image du pouvoir royal l'ensemble de l'acte IV donne-t-il au spectateur ? Don Fernand règne-t-il sur ses sujets à la façon dont Louis XIII régnait sur les siens ? Regardez votre dictionnaire à l'article Louis XIII ou consultez un livre d'histoire.

13. Qu'apprenez-vous sur le duel au cours de l'acte IV et notamment pendant la scène 5 ?

14. Quelle opinion le Roi exprime-t-il à propos du duel dans les vers 1406-1410 et 1450-1453 ? Rapprochez ces propos des informations qui vous sont données p. 16.

Acte V

Chez Chimène.

SCÈNE PREMIÈRE. DON RODRIGUE, CHIMÈNE.

CHIMÈNE

1465 Quoi ! Rodrigue, en plein jour ! d'où te vient
[cette audace ?
Va, tu me perds d'honneur[1] ; retire-toi, de grâce.

DON RODRIGUE

Je vais mourir, Madame, et vous viens en ce lieu,
Avant le coup mortel, dire un dernier adieu :
Cet immuable amour qui sous vos lois m'engage
1470 N'ose accepter ma mort sans vous en faire hommage[2].

CHIMÈNE

Tu vas mourir !

DON RODRIGUE

Je cours à ces heureux moments
Qui vont livrer ma vie à vos ressentiments.

CHIMÈNE

Tu vas mourir ! Don Sanche est-il si redoutable
Qu'il donne l'épouvante à ce cœur indomptable ?
1475 Qui t'a rendu si faible, ou qui le rend si fort ?
Rodrigue va combattre, et se croit déjà mort !

---

1. *Tu me perds d'honneur :* tu me déshonores.
2. *Hommage :* au sens féodal, offrande du chevalier à sa dame.

Celui qui n'a pas craint les Mores, ni mon père,
Va combattre don Sanche, et déjà désespère[1] !
Ainsi donc au besoin[2] ton courage s'abat !

DON RODRIGUE

1480 Je cours à mon supplice, et non pas au combat ;
Et ma fidèle ardeur[3] sait bien m'ôter l'envie,
Quand vous cherchez ma mort, de défendre ma vie.
        J'ai toujours même cœur ; mais je n'ai point de bras
Quand il faut conserver ce qui ne vous plaît pas ;
1485 Et déjà cette nuit m'aurait été mortelle
Si j'eusse combattu pour ma seule querelle ;
Mais défendant mon roi, son peuple et mon pays,
À me défendre mal[4] je les aurais trahis.
Mon esprit généreux ne hait pas tant la vie
1490 Qu'il en veuille sortir par une perfidie[5].
Maintenant qu'il s'agit de mon seul intérêt,
Vous demandez ma mort, j'en accepte l'arrêt.
Votre ressentiment choisit la main d'un autre
(Je ne méritais pas de mourir de la vôtre) :
1495 On ne me verra point en repousser les coups ;
Je dois plus de respect à qui combat pour vous ;
Et ravi de penser que c'est de vous qu'ils viennent,
Puisque c'est votre honneur que ses armes soutiennent,
Je vais lui présenter mon estomac[6] ouvert,
1500 Adorant de sa main la vôtre qui me perd.

---

1. *Désespère* : doute de vaincre.
2. *Au besoin* : quand tu en as le plus besoin.
3. *Ma fidèle ardeur* : mon amour constant.
4. *À me défendre mal* : en me défendant mal.
5. *Perfidie* : trahison, déloyauté.
6. *Estomac* : au XVIIe siècle, « estomac » est le mot noble pour désigner la poitrine.

CHIMÈNE

Si d'un triste devoir la juste violence,
Qui me fait malgré moi poursuivre ta vaillance,
Prescrit à ton amour une si forte loi
Qu'il te rend sans défense à qui combat pour moi,
1505 En cet aveuglement ne perds pas la mémoire[1]
Qu'ainsi que de ta vie il y va de ta gloire,
Et que dans quelque éclat que Rodrigue ait vécu[2],
Quand on le saura mort, on le croira vaincu.
 Ton honneur t'est plus cher que je ne te suis chère,
1510 Puisqu'il trempe tes mains dans le sang de mon père,
Et te fait renoncer, malgré ta passion,
À l'espoir le plus doux de ma possession[3] :
Je t'en vois cependant faire si peu de conte,
Que sans rendre combat tu veux qu'on te surmonte[4].
1515 Quelle inégalité ravale ta vertu[5] ?
Pourquoi ne l'as-tu plus, ou pourquoi l'avais-tu ?
Quoi ? n'es-tu généreux que pour me faire outrage ?
S'il ne faut m'offenser, n'as-tu point de courage ?
Et traites-tu mon père avec tant de rigueur,
1520 Qu'après l'avoir vaincu, tu souffres un vainqueur ?
Va, sans vouloir mourir, laisse-moi te poursuivre,
Et défends ton honneur, si tu ne veux plus vivre.

DON RODRIGUE

Après la mort du Comte, et les Mores défaits

---

1. *Ne perds pas la mémoire* : n'oublie pas.
2. *Dans ... vécu* : quelque glorieuse qu'ait été la vie de Rodrigue.
3. *À l'espoir ... possession* : à l'espoir qui t'était le plus doux, celui de me posséder.
4. *Sans ... surmonte* : sans te défendre, tu veux qu'on l'emporte sur toi.
5. *Quelle ... vertu ?* : quel caprice affaiblit ton courage ?

Faudrait-il à ma gloire encor d'autres effets[1] ?
1525 Elle peut dédaigner le soin de me défendre :
On sait que mon courage ose tout entreprendre,
Que ma valeur peut tout, et que dessous[2] les cieux,
Auprès de[3] mon honneur, rien ne m'est précieux.
Non, non, en ce combat, quoi que vous veuilliez[4] croire,
1530 Rodrigue peut mourir sans hasarder[5] sa gloire,
Sans qu'on l'ose accuser d'avoir manqué de cœur,
Sans passer pour vaincu, sans souffrir un vainqueur.
On dira seulement : « Il adorait Chimène ;
Il n'a pas voulu vivre et mériter sa haine ;
1535 Il a cédé lui-même à la rigueur du sort
Qui forçait sa maîtresse à poursuivre sa mort :
Elle voulait sa tête ; et son cœur magnanime,
S'il l'en eût refusée[6], eût pensé faire un crime.
Pour venger son honneur il perdit son amour,
1540 Pour venger sa maîtresse[7] il a quitté le jour,
Préférant, quelque espoir qu'eût son âme asservie[8],
Son honneur à Chimène, et Chimène à sa vie. »
Ainsi donc vous verrez ma mort en ce combat,
Loin d'obscurcir ma gloire, en rehausser l'éclat ;
1545 Et cet honneur suivra mon trépas volontaire,
Que[9] tout autre que moi n'eût pu vous satisfaire.

---

1. *Faudrait-il ... effets ? :* faudrait-il que j'aie encore à prouver mon mérite ?
2. *Dessous :* sous.
3. *Auprès de :* en comparaison de.
4. *Veuilliez :* ancienne forme du subjonctif présent. On dirait aujourd'hui « vouliez ».
5. *Hasarder :* mettre en péril.
6. *S'il l'en eût refusée :* s'il la lui avait refusée.
7. *Pour venger sa maîtresse :* pour que sa bien-aimée ait sa vengeance.
8. *Asservie :* esclave de son amour (vocabulaire galant).
9. *Que :* à savoir que.

CHIMÈNE

Puisque pour t'empêcher de courir au trépas,
Ta vie et ton honneur sont de faibles appas,
Si jamais je t'aimai, cher Rodrigue, en revanche[1],
1550 Défends-toi maintenant pour m'ôter à don Sanche ;
Combats pour m'affranchir d'une condition
Qui me donne à l'objet de mon aversion[2].
Te dirai-je encor plus ? va, songe à ta défense,
Pour forcer mon devoir, pour m'imposer silence ;
1555 Et si tu sens pour moi ton cœur encore épris,
Sors vainqueur d'un combat dont Chimène est le prix.
Adieu : ce mot lâché me fait rougir de honte.

DON RODRIGUE, *seul.*

Est-il quelque ennemi qu'à présent je ne dompte ?
Paraissez, Navarrais, Mores et Castillans,
1560 Et tout ce que l'Espagne a nourri de vaillants ;
Unissez-vous ensemble, et faites une armée,
Pour combattre une main de la sorte animée :
Joignez tous vos efforts contre un espoir si doux ;
Pour en venir à bout, c'est trop peu que de vous.

---

1. *Si ... en revanche :* puisque je t'ai aimé, en retour.
2. *L'objet de mon aversion :* don Sanche.

Chez l'Infante.

SCÈNE 2. L'INFANTE.

1565 T'écouterai-je encor, respect de ma naissance,
     Qui fais un crime de mes feux ?
T'écouterai-je, amour, dont la douce puissance
Contre ce fier tyran fait révolter mes vœux[1] ?
     Pauvre princesse, auquel des deux[2]
1570   Dois-tu prêter obéissance ?
Rodrigue, ta valeur te rend digne de moi ;
Mais pour être[3] vaillant, tu n'es pas fils de roi.
Impitoyable sort, dont la rigueur sépare
     Ma gloire d'avec mes désirs !
1575 Est-il dit que le choix d'une vertu si rare
Coûte à ma passion de si grands déplaisirs ?
     Ô cieux ! à combien de soupirs
     Faut-il que mon cœur se prépare,
Si jamais il n'obtient sur[4] un si long tourment
1580 Ni d'éteindre l'amour, ni d'accepter l'amant !
Mais c'est trop de scrupule, et ma raison s'étonne,
     Du mépris d'un si digne choix[5] :
Bien qu'aux monarques seuls ma naissance me donne,
Rodrigue, avec honneur je vivrai sous tes lois.
1585   Après avoir vaincu deux rois,
Pourrais-tu manquer de couronne ?
Et ce grand nom de Cid que tu viens de gagner

---

1. *Révolter mes vœux* : résister ma volonté.
2. *Auquel des deux* : au respect de la naissance ou à l'amour.
3. *Pour être* : bien que tu sois.
4. *Sur* : en l'emportant sur.
5. *Du mépris ... choix* : de me voir mépriser un si digne choix.

Ne fait-il pas trop voir sur qui tu dois régner ?
Il est digne de moi, mais il est à Chimène ;
1590   Le don que j'en ai fait me nuit.
Entre eux la mort d'un père a si peu mis de haine,
Que le devoir du sang[1] à regret le poursuit :
      Ainsi n'espérons aucun fruit
      De son crime, ni de ma peine,
1595 Puisque pour me punir le destin a permis
Que l'amour dure même entre deux ennemis.

SCÈNE 3. L'INFANTE, LÉONOR.

L'INFANTE

Où viens-tu, Léonor ?

LÉONOR

Vous applaudir, Madame,
Sur le repos qu'enfin a retrouvé votre âme.

L'INFANTE

D'où viendrait ce repos dans un comble d'ennui ?

LÉONOR

1600 Si l'amour vit d'espoir, et s'il meurt avec lui,
Rodrigue ne peut plus charmer votre courage.
Vous savez le combat où Chimène l'engage :
Puisqu'il faut qu'il y meure, ou qu'il soit son mari,
Votre espérance est morte, et votre esprit guéri.

L'INFANTE

1605 Ah ! qu'il s'en faut encor[2] !

---

1. *Le devoir du sang* : le devoir de Chimène de venger son père.
2. *Qu'il s'en faut encor !* : je n'en suis pas encore là !

LÉONOR

Que pouvez-vous prétendre ?

L'INFANTE

Mais plutôt quel espoir me pourrais-tu défendre ?
Si Rodrigue combat sous ces conditions,
Pour en rompre l'effet, j'ai trop d'inventions[1].
L'amour, ce doux auteur de mes cruels supplices,
1610 Aux esprits des amants apprend trop d'artifices.

LÉONOR

Pourrez-vous quelque chose, après qu'un père mort
N'a pu dans leurs esprits allumer de discord[2] ?
Car Chimène aisément montre par sa conduite
Que la haine aujourd'hui ne fait pas sa poursuite[3].
1615 Elle obtient un combat, et pour son combattant[4]
C'est le premier offert[5] qu'elle accepte à l'instant[6] :
Elle n'a point recours à ces mains généreuses
Que tant d'exploits fameux rendent si glorieuses ;
Don Sanche lui suffit, et mérite son choix,
1620 Parce qu'il va s'armer pour la première fois.
Elle aime en ce duel son peu d'expérience ;
Comme il est sans renom, elle est sans défiance[7] ;
Et sa facilité[8] vous doit bien faire voir

---

1. *Pour ... inventions :* pour changer les conséquences de ce combat,
j'ai de nombreuses idées.
2. *Allumer de discord :* éveiller la discorde.
3. *Ne fait pas sa poursuite :* n'est pour rien dans son désir de
vengeance.
4. *Pour son combattant :* comme combattant.
5. *Le premier offert :* le premier qui s'offre.
6. *À l'instant :* sur-le-champ.
7. *Elle est sans défiance :* elle n'a pas peur pour Rodrigue.
8. *Sa facilité :* la rapidité de son choix.

Qu'elle cherche un combat qui force son devoir,
1625 Qui livre à son Rodrigue une victoire aisée,
Et l'autorise enfin à paraître apaisée.

L'INFANTE

Je le remarque assez, et toutefois mon cœur
À l'envi[1] de Chimène adore ce vainqueur.
À quoi me résoudrai-je, amante infortunée ?

LÉONOR

1630 À vous mieux souvenir de qui vous êtes née :
Le ciel vous doit un roi, vous aimez un sujet !

L'INFANTE

Mon inclination a bien changé d'objet.
Je n'aime plus Rodrigue, un simple gentilhomme ;
Non, ce n'est plus ainsi que mon amour le nomme :
1635 Si j'aime, c'est l'auteur de tant de beaux exploits,
C'est le valeureux Cid, le maître de deux rois.

Je me vaincrai pourtant, non de peur d'aucun blâme[2],
Mais pour ne troubler pas une si belle flamme ;
Et quand pour m'obliger on l'aurait couronné[3],
1640 Je ne veux point reprendre un bien que j'ai donné.
Puisqu'en un tel combat sa victoire est certaine,
Allons encore un coup[4] le donner à Chimène.
Et toi, qui vois les traits[5] dont mon cœur est percé,
Viens me voir achever comme j'ai commencé.

---

1. *À l'envi :* à l'exemple.
2. *Non de peur d'aucun blâme :* non que je craigne un blâme.
3. *Et ... couronné :* et même si, pour me faire plaisir, on l'avait couronné.
4. *Encore un coup :* encore une fois.
5. *Traits :* blessures d'amour (vocabulaire galant).

Acte V Scènes 1, 2 et 3

L'ACTION

1. Relevez un vers dans lequel Rodrigue annonce son intention de perdre le duel. Précisez les raisons de son attitude en citant le texte. Pourquoi à la fin de la scène 1 a-t-il repris espoir ? En quels termes s'exprime son enthousiasme ? Donnez la valeur de l'impératif dans les vers 1558-1564. Quelle est la construction grammaticale de sa réplique ?

2. Procédez à un découpage de la scène 1 en plusieurs parties ; précisez le ton de chacune d'elles et résumez-les en quelques mots.

3. Pour quelles raisons l'Infante renonce-t-elle à jamais à son amour pour Rodrigue ? Citez quelques vers significatifs.

4. Quelle est, à votre avis, l'utilité des scènes 2 et 3 ? Ont-elles une valeur dramatique car elles ralentissent le dénouement ? Ont-elles une valeur psychologique car elles révèlent les sentiments profonds de l'Infante ? Expliquez les raisons de votre choix.

LES CARACTÈRES DES HÉROS CORNÉLIENS

5. Par quels aspects le caractère de Chimène vous paraît-il complexe ? Citez le texte. Pourquoi incite-t-elle Rodrigue à sortir vainqueur du duel (vers 1522, 1550, 1556) ?

6. Dans quel vers Rodrigue explique-t-il à Chimène que, s'il a du courage, il n'a plus la force de se battre ? Comment expliquez-vous cette faiblesse du héros ?

7. Rapprochez les vers 925 et 1502 : au seuil du dénouement que réaffirme Chimène ?

8. Montrez que la fidélité au Roi est un des aspects du héros cornélien. Citez les paroles de Rodrigue.

LE STYLE ET L'EXPRESSION

9. Pourquoi Rodrigue vouvoie-t-il Chimène dans la scène 1 alors que, dans la scène 4 de l'acte III, il la tutoie ?

10. Comparez la construction des vers 1475 et 1516 : type de phrase, nature des propositions, coordonnant. Par quel procédé Corneille donne-t-il du rythme à ces deux vers ? Que marquent les points d'interrogation dans les vers 1465, 1473-1475, 1515-1520 ?

11. Que signifie le mot « hommage » (vers 1470) dans le vocabulaire galant du XVIIe siècle ? Consultez votre dictionnaire pour trouver les sens actuels de ce mot.

12. Donnez le sens de l'expression « au besoin » dans le vers 1479. Utilisez cette expression dans une phrase de votre composition où elle aura son sens moderne.

13. Dans la scène 2, Corneille reprend le même procédé d'écriture et de composition que dans la scène 6 de l'acte I. Quels types de vers l'auteur utilise-t-il ? Quel système de rimes adopte-t-il ? Comment donne-t-il de l'expressivité à certaines répliques ?

Chez Chimène.

SCÈNE 4. CHIMÈNE, ELVIRE.

CHIMÈNE

1645 Elvire, que je souffre, et que je suis à plaindre !
Je ne sais qu'espérer, et je vois tout à craindre ;
Aucun vœu ne m'échappe où[1] j'ose consentir ;
Je ne souhaite rien sans un prompt repentir.
À deux rivaux pour moi je fais prendre les armes :
1650 Le plus heureux succès[2] me coûtera des larmes ;
Et quoi qu'en ma faveur en ordonne le sort,
Mon père est sans vengeance, ou mon amant est mort.

ELVIRE

D'un et d'autre côté je vous vois soulagée :
Ou vous avez Rodrigue, ou vous êtes vengée ;
1655 Et quoi que le destin puisse ordonner de vous,
Il soutient votre gloire[3], et vous donne un époux.

CHIMÈNE

Quoi ! l'objet de ma haine ou de tant de colère !
L'assassin de Rodrigue ou celui de mon père !
De tous les deux côtés on me donne un mari
1660 Encor tout teint du sang que j'ai le plus chéri ;
De tous les deux côtés mon âme se rebelle :
Je crains plus que la mort la fin de ma querelle.
Allez, vengeance, amour, qui troublez mes esprits[4],

1. *Où* : auquel.
2. *Succès* : issue.
3. *Il soutient votre gloire* : il vous permet d'être sans reproche.
4. *Mes esprits* : ma raison.

Vous n'avez point pour moi de douceurs à ce prix ;
1665 Et toi, puissant moteur du destin[1] qui m'outrage,
Termine ce combat sans aucun avantage[2],
Sans faire aucun des deux ni vaincu ni vainqueur.

ELVIRE

Ce serait vous traiter avec trop de rigueur.
Ce combat pour votre âme est un nouveau supplice,
1670 S'il vous laisse obligée à demander justice,
À témoigner toujours ce haut ressentiment[3],
Et poursuivre toujours la mort de votre amant.
Madame, il vaut bien mieux que sa rare vaillance,
Lui couronnant le front, vous impose silence ;
1675 Que la loi du combat étouffe vos soupirs,
Et que le Roi vous force à suivre vos désirs.

CHIMÈNE

Quand il sera vainqueur, crois-tu que je me rende ?
Mon devoir est trop fort, et ma perte[4] trop grande,
Et ce n'est pas assez, pour leur faire la loi,
1680 Que celle du combat et le vouloir du Roi[5].
Il peut vaincre don Sanche avec fort peu de peine,
Mais non pas avec lui la gloire de Chimène ;
Et quoi qu'à sa victoire un monarque ait promis,
Mon honneur lui fera mille autres ennemis.

---

1. *Puissant moteur du destin* : Dieu, qu'on évite de nommer sur scène.
2. *Sans aucun avantage* : sans qu'aucun des deux prenne avantage sur l'autre.
3. *À témoigner... ressentiment* : à exprimer sans cesse ce puissant désespoir.
4. *Ma perte* : la mort du Comte.
5. *Et ce n'est pas assez... roi* : ni le combat ni la volonté du roi ne me feront oublier mon devoir et mon malheur.

ELVIRE

1685 Gardez[1], pour vous punir de cet orgueil étrange,
Que le ciel à la fin ne souffre qu'on vous venge.
Quoi ! vous voulez encor refuser le bonheur
De pouvoir maintenant vous taire avec honneur ?
Que prétend ce devoir, et qu'est-ce qu'il espère ?
1690 La mort de votre amant vous rendra-t-elle un père ?
Est-ce trop peu pour vous que d'un coup de malheur[2] ?
Faut-il perte sur perte, et douleur sur douleur ?
Allez, dans le caprice[3] où votre humeur s'obstine,
Vous ne méritez pas l'amant qu'on vous destine ;
1695 Et nous verrons du ciel l'équitable courroux
Vous laisser, par sa mort, don Sanche pour époux.

CHIMÈNE

Elvire, c'est assez des peines que j'endure,
Ne les redouble point de ce funeste augure[4].
Je veux, si je le puis, les éviter tous deux ;
1700 Sinon en ce combat Rodrigue a tous mes vœux ;
Non qu'une folle ardeur de son côté me penche[5] ;
Mais s'il était vaincu, je serais à don Sanche :
Cette appréhension fait naître mon souhait.
Que vois-je, malheureuse ? Elvire, c'en est fait.

---

1. *Gardez :* prenez garde.
2. *Que d'un coup de malheur :* qu'un seul coup du malheur.
3. *Caprice :* déraison.
4. *Ce funeste augure :* cette sombre prédiction, ce qui annonce le malheur.
5. *Me penche :* me fasse pencher.

SCÈNE 5. DON SANCHE, CHIMÈNE, ELVIRE.

DON SANCHE

1705 Obligé d'apporter à vos pieds cette épée...

CHIMÈNE

Quoi ! du sang de Rodrigue encor toute trempée ?
Perfide, oses-tu bien te montrer à mes yeux,
Après m'avoir ôté ce que j'aimais le mieux ?
  Éclate, mon amour, tu n'as plus rien à craindre :
1710 Mon père est satisfait, cesse de te contraindre.
Un même coup a mis ma gloire en sûreté,
Mon âme au désespoir, ma flamme en liberté.

DON SANCHE

D'un esprit plus rassis[1]...

CHIMÈNE

    Tu me parles encore,
Exécrable assassin d'un héros que j'adore ?
1715 Va, tu l'as pris en traître ; un guerrier si vaillant
N'eût jamais succombé sous un tel assaillant.
N'espère rien de moi, tu ne m'as point servie :
En croyant me venger, tu m'as ôté la vie.

DON SANCHE

Étrange impression[2], qui, loin de m'écouter...

CHIMÈNE

1720 Veux-tu que de sa mort je t'écoute vanter,
Que j'entende à loisir avec quelle insolence
Tu peindras son malheur, mon crime et ta vaillance ?

---

1. *Plus rassis* : calme.
2. *Impression* : impulsion, réaction.

Chez le Roi.

SCÈNE 6. DON FERNAND, DON DIÈGUE, DON ARIAS, DON SANCHE, DON ALONSE, CHIMÈNE, ELVIRE.

CHIMÈNE

Sire, il n'est plus besoin de vous dissimuler
Ce que tous mes efforts ne vous ont pu celer[1].
1725 J'aimais, vous l'avez su ; mais pour venger mon père,
J'ai bien voulu proscrire[2] une tête si chère :
Votre Majesté, Sire, elle-même a pu voir
Comme j'ai fait céder mon amour au devoir.
Enfin Rodrigue est mort, et sa mort m'a changée
1730 D'implacable ennemie en amante affligée.
J'ai dû cette vengeance à qui m'a mise au jour,
Et je dois maintenant ces pleurs à mon amour.
Don Sanche m'a perdue en prenant ma défense,
Et du bras qui me perd je suis la récompense !
1735 Sire, si la pitié peut émouvoir un roi,
De grâce, révoquez une si dure loi ;
Pour prix d'une victoire où je perds ce que j'aime,
Je lui laisse mon bien ; qu'il me laisse à moi-même ;
Qu'en un cloître sacré je pleure incessamment[3],
1740 Jusqu'au dernier soupir, mon père et mon amant.

DON DIÈGUE

Enfin elle aime, Sire, et ne croit plus un crime
D'avouer par sa bouche un amour légitime.

---

1. *Celer :* cacher.
2. *Proscrire :* mettre à prix, risquer.
3. *Incessamment :* sans cesse.

DON FERNAND

Chimène, sors d'erreur, ton amant n'est pas mort,
Et don Sanche vaincu t'a fait un faux rapport.

DON SANCHE

1745 Sire, un peu trop d'ardeur malgré moi l'a déçue[1].
Je venais du combat lui raconter l'issue.
Ce généreux guerrier, dont son cœur est charmé :
« Ne crains rien, m'a-t-il dit, quand il m'a désarmé ;
Je laisserais plutôt la victoire incertaine,
1750 Que de répandre un sang hasardé[2] pour Chimène ;
Mais puisque mon devoir m'appelle auprès du Roi,
Va de notre combat l'[3] entretenir pour moi,
De la part du vainqueur lui porter ton épée. »
Sire, j'y suis venu : cet objet l'a trompée ;
1755 Elle m'a cru vainqueur, me voyant de retour,
Et soudain sa colère a trahi son amour
Avec tant de transport et tant d'impatience,
Que je n'ai pu gagner un moment d'audience[4].
    Pour moi, bien que vaincu, je me répute heureux[5] ;
1760 Et malgré l'intérêt de mon cœur amoureux,
Perdant infiniment, j'aime encor ma défaite,
Qui fait le beau succès d'une amour[6] si parfaite.

DON FERNAND

Ma fille, il ne faut point rougir d'un si beau feu,
Ni chercher les moyens d'en faire un désaveu[7].

---

1. *Un peu... déçue :* mon emportement l'a trompée.
2. *Hasardé :* risqué.
3. *L' :* Chimène.
4. *D'audience :* d'attention.
5. *Je me répute heureux :* je m'estime heureux.
6. *Amour :* masculin ou féminin au XVIIᵉ siècle.
7. *D'en faire un désaveu :* de le désavouer, de le nier.

1765 Une louable honte en vain t'en sollicite :
Ta gloire est dégagée, et ton devoir est quitte ;
Ton père est satisfait, et c'était le venger
Que mettre tant de fois ton Rodrigue en danger.
Tu vois comme le ciel autrement en dispose.
1770 Ayant tant fait pour lui[1], fais pour toi quelque chose,
Et ne sois point rebelle à mon commandement,
Qui te donne un époux aimé si chèrement.

SCÈNE 7. DON FERNAND, DON DIÈGUE, DON ARIAS, DON RODRIGUE, DON ALONSE, DON SANCHE, L'INFANTE, CHIMÈNE, LÉONOR, ELVIRE.

L'INFANTE

Sèche tes pleurs, Chimène, et reçois sans tristesse
Ce généreux vainqueur des mains de ta princesse.

DON RODRIGUE

1775 Ne vous offensez point, Sire, si devant vous
Un respect amoureux me jette à ses genoux.
    Je ne viens point ici demander ma conquête :
Je viens tout de nouveau[2] vous apporter ma tête,
Madame ; mon amour n'emploiera point pour moi
1780 Ni la loi du combat, ni le vouloir[3] du Roi.
Si tout ce qui s'est fait est trop peu pour un père,
Dites par quels moyens il vous faut satisfaire.
Faut-il combattre encor mille et mille rivaux,
Aux deux bouts de la terre étendre mes travaux[4],

---

1. *Pour lui :* pour ton père.
2. *Tout de nouveau :* à nouveau.
3. *Le vouloir :* la volonté.
4. *Travaux :* combats héroïques.

1785 Forcer moi seul un camp, mettre en fuite une armée,
Des héros fabuleux passer[1] la renommée ?
Si mon crime par là se peut enfin laver,
J'ose tout entreprendre, et puis tout achever ;
Mais si ce fier honneur, toujours inexorable,
1790 Ne se peut apaiser sans la mort du coupable,
N'armez plus contre moi le pouvoir des humains :
Ma tête est à vos pieds, vengez-vous par vos mains ;
Vos mains seules ont droit de vaincre un invincible ;
Prenez une vengeance à tout autre impossible.
1795 Mais du moins que ma mort suffise à me punir :
Ne me bannissez point de votre souvenir ;
Et puisque mon trépas conserve votre gloire,
Pour vous en revancher conservez ma mémoire[2],
Et dites quelquefois, en déplorant mon sort :
1800 « S'il ne m'avait aimée, il ne serait pas mort. »

CHIMÈNE

Relève-toi, Rodrigue. Il faut l'avouer, Sire,
Je vous en ai trop dit pour m'en pouvoir dédire.
Rodrigue a des vertus que je ne puis haïr.
Et quand un roi commande, on lui doit obéir.
1805 Mais à quoi que déjà vous m'ayez condamnée[3],
Pourrez-vous à vos yeux souffrir cet hyménée ?
Et quand de mon devoir vous voulez cet effort,
Toute votre justice en[4] est-elle d'accord ?
Si Rodrigue à l'État devient si nécessaire,
1810 De ce qu'il fait pour vous dois-je être le salaire,

---

1. *Fabuleux passer* . de la mythologie surpasser.
2. *Pour ... mémoire* : en compensation de ma mort, souvenez-vous
de moi.
3. *Mais ... condamnée* : quoi que vous ayez décidé à mon sujet.
4. *En* : sur cela.

Et me livrer moi-même au reproche éternel
D'avoir trempé mes mains dans le sang paternel ?

DON FERNAND

Le temps assez souvent a rendu légitime
Ce qui semblait d'abord ne se pouvoir sans crime :
1815 Rodrigue t'a gagnée, et tu dois être à lui.
Mais quoique sa valeur t'ait conquise aujourd'hui,
Il faudrait que je fusse ennemi de ta gloire,
Pour lui donner sitôt le prix de sa victoire.
Cet hymen différé ne rompt point une loi
1820 Qui sans marquer de temps lui destine ta foi[1].
Prends un an, si tu veux, pour essuyer tes larmes.
Rodrigue, cependant[2] il faut prendre les armes.
Après avoir vaincu les Mores sur nos bords,
Renversé leurs desseins, repoussé leurs efforts,
1825 Va jusqu'en leur pays leur reporter la guerre,
Commander mon armée, et ravager leur terre :
À ce nom seul de Cid ils trembleront d'effroi ;
Ils t'ont nommé seigneur, et te voudront pour roi.
Mais parmi tes hauts faits sois-lui toujours fidèle :
1830 Reviens-en, s'il se peut, encor plus digne d'elle ;
Et par tes grands exploits fais-toi si bien priser[3]
Qu'il lui soit glorieux alors de t'épouser.

DON RODRIGUE

Pour posséder Chimène, et pour votre service,
Que peut-on m'ordonner que mon bras n'accomplisse ?
1835 Quoi qu'absent de ses yeux il me faille endurer,
Sire, ce m'est trop d'heur de pouvoir espérer.

---

1. *Lui destine ta foi :* te donne à lui en mariage.
2. *Cependant :* pendant ce temps.
3. *Priser :* estimer.

Samuel Labarthe (Rodrigue) dans une mise en scène
de Gérard Desarthe à Bobigny, 1988.

DON FERNAND

Espère en ton courage, espère en ma promesse ;
Et possédant déjà le cœur de ta maîtresse,
Pour vaincre un point d'honneur qui combat contre toi,
1840 Laisse faire le temps, ta vaillance et ton roi.

D. D. Petrus Corneille

Acte V Scènes 4, 5, 6 et 7

L'ACTION ET L'INTÉRÊT DRAMATIQUE

1. À quoi tient l'intérêt dramatique des scènes 4 et 5 ? Que suggère le vers 1651 ?

2. Dressez la liste des événements qui s'enchaînent les uns aux autres au cours des deux dernières scènes.

LES PERSONNAGES

3. Citez un vers dans lequel Chimène réaffirme sa position à l'égard de Rodrigue. La situation vous paraît-elle sans issue ? Qu'est-ce qui, selon vous, pourrait la faire évoluer ? Retrouvez un vers de la scène 4 dans lequel Chimène revendique son indépendance à l'égard du Roi. Comment expliquez-vous ce changement d'attitude ?

4. Quel trait de caractère révèle la réaction de Chimène au début de la scène 5 ? Relevez les vers dans lesquels Chimène clame son amour pour Rodrigue. De quoi est fait ce sentiment ?

5. Pourquoi Chimène veut-elle s'enfermer dans un couvent ? Cette fuite ne jette-t-elle pas une ombre sur ce personnage si préoccupé de ses engagements ? La décision finale du Roi comble-t-elle Chimène ? Pourquoi ? Citez le texte.

6. Pourquoi Rodrigue a-t-il épargné Don Sanche ? Par quels aspects Rodrigue se montre-t-il sublime dans les premiers vers de la scène 7 ? Citez quelques vers où il apparaît un amoureux parfait et un sujet exemplaire.

7. Montrez, en citant le texte, qu'Elvire fait passer le bon sens avant l'honneur. Ce point de vue n'est-il pas révélateur de ses origines sociales ? Brossez un bref portrait de ce personnage tel qu'il apparaît dans la scène 4.

0. L'attitude de Don Sanche dans la scène 6 est-elle conforme à son caractère tel que nous avons pu l'analyser antérieurement (II, 6 et IV, 5) ? Argumentez votre réponse.

9. Montrez que, dans les deux dernières scènes, le Roi joue un rôle à la fois humain et politique. Citez le texte.

LA MISE EN SCÈNE

10. Placez les personnages les uns par rapport aux autres dans l'espace scénique. Justifiez votre disposition.

11. Quel éclairage conviendrait le mieux à ce tableau final ? Pourquoi ?

Questions sur l'ensemble de l'acte V

L'INTÉRÊT DRAMATIQUE

1. Parmi les sept scènes de l'acte V, lesquelles sont directement utiles à l'action ? Lesquelles pourrait-on supprimer sans que cela nuise à la cohérence de l'intrigue ?

LES PERSONNAGES

2. Qui, de tous les personnages, occupe davantage la scène au cours de ce dernier acte ? Expliquez ce choix de l'auteur.

3. Pensez-vous que Chimène ait évolué au cours de l'acte V ? Justifiez votre réponse. À quelle logique Chimène a-t-elle obéi tout au long de la pièce ? Faites la même analyse pour le personnage de Rodrigue.

4. Pourquoi peut-on dire que l'acte V est l'acte du Roi ?

LE TEMPS ET LE LIEU

5. À quel moment de la journée l'acte V prend-il place ?

6. Pourquoi ne revient-on pas sur la place publique au cours de l'acte V ? La dernière scène se déroule chez le Roi : commentez ce choix de l'auteur.

L'ART DU DÉNOUEMENT ET LE STYLE

7. Qu'est-ce qu'un dénouement en langage de théâtre ? Reportez-vous au lexique, p. 204.

8. Pourquoi Corneille réunit-il tous les personnages dans la dernière scène ?

9. La pièce finit-elle bien ou mal ? Justifiez votre réponse.

10. Étudiez le dernier vers de la pièce : signification, construction, rythme, sonorité.

Documentation thématique

L'idéal chevaleresque p. 160

Les amours contrariées p. 163

L'idéal chevaleresque

Du jeune chevalier espagnol Rodrigo, qui vécut au XIᵉ siècle, au Cid de Corneille qui fut créé en 1637, il y a peu de différences : si le premier est un héros véritable et l'autre une imitation littéraire, ils reproduisent bien tous deux le même modèle : celui du chevalier.

Le chevalier du Moyen Âge
(du Xᵉ au XIIᵉ siècle)

Dans la société féodale, les chevaliers sont des hommes forts et courageux, des guerriers professionnels au service d'un seigneur ; rassemblés autour des figures du pouvoir (rois, ducs, comtes), ils assurent la défense du pays et le maintien de la paix. Pour devenir chevalier, il faut être libre ou affranchi et surtout chrétien. Le chevalier et son seigneur sont liés par un serment. Les services du chevalier sont souvent rétribués par l'octroi d'une terre.

On peut résumer ainsi la mission de la chevalerie : protéger les faibles (veuves, orphelins) et l'Église, dans ses personnes et ses biens. Cette mission de protection assure aux chevaliers leur supériorité sociale.

La cérémonie par laquelle un jeune homme est fait chevalier s'appelle l'adoubement : en ce jour solennel, il reçoit ses armes des mains de son parrain. L'épée, le heaume (casque), le haubert (cotte de mailles), le bouclier en sont les éléments essentiels. À cet équipement s'ajoutent les éperons souvent en or et le baudrier qui maintient l'épée. La « colée » (coup de paume sur la nuque) est le moment crucial de la cérémonie : par ce geste, le jeune aspirant devient véritablement chevalier.

Le code chevaleresque

Les chevaliers obéissent à un code extrêmement sévère : la fidélité au seigneur (la loyauté), la piété et la générosité en constituent les règles de base. Le chevalier, homme de service et de foi, est celui qui ne saurait trahir. À cela s'ajoutent la prouesse (la bravoure : toute l'éducation du futur chevalier est une éducation au combat), le mépris de la souffrance et de la mort.

Enfin vient la largesse, c'est-à-dire le mépris du chevalier pour le profit matériel.

Les combats et les tournois

Le chevalier est un combattant de premier ordre : c'est dans l'allégresse qu'il s'en va à la guerre, prêt à sacrifier sa vie pour la cause qu'il défend. Sur le champ de bataille ou lors de ces grandes manifestations sportives que sont les tournois, il doit se montrer magnanime : la force n'exclut pas la grandeur d'âme ; un chevalier ne doit pas tuer un adversaire désarmé.

De l'héroïsme par amour à l'idéal aristocratique

À partir de la seconde moitié du XIIe siècle, le chevalier ne combat plus pour son seigneur ou pour l'Église mais pour conquérir l'amour d'une femme. Désormais, ses grandes actions n'ont de valeur que si elles sont reconnues par la dame de son cœur. Au tournoi même, il porte le voile de la femme aimée et il est courant que la dame, au milieu du combat, lui envoie quelques-unes de ses parures comme signe d'encouragement, d'admiration et d'amour.

En raison de leur morale élevée, de leur force exceptionnelle, de leur dévouement à des causes exemplaires et de leur amour parfait pour leur dame, les chevaliers, peu à peu, ont le sentiment d'appartenir à une élite. Ils constituent dès le Moyen Âge une classe de nobles qui ont pour mission de purifier le monde.

L'esprit chevaleresque

L'orgueil des chevaliers s'accompagne d'un très vif sentiment de l'honneur : un chevalier se doit non seulement de mériter la considération des autres, mais aussi de conserver sa propre estime. Cette conception chevaleresque de l'honneur s'est maintenue jusqu'au XVIIe siècle, époque de la création du *Cid :* Rodrigue si soucieux de sa gloire et de son mérite appartient bien à la famille de ces héros du Moyen Âge que sont les chevaliers.

Du Moyen Âge au XVIIe siècle, le chevalier est devenu gentilhomme. C'est à la cour désormais qu'il déploie toutes les qualités qui font de lui un être supérieur : poli envers les hommes, galant envers les femmes, toujours loyal et généreux, fidèle à sa parole (parole d'honneur), dévoué à la femme aimée, il donne naissance à l'époque moderne à l'image du « gentleman » dont la seule noblesse est celle du caractère, des sentiments et des manières.

Les amours contrariées

Le malheur d'être riche

L'amour contrarié est un thème ancien : la scène suivante se déroule au XIIIe siècle. Le chevalier Guillaume éprouve un amour partagé pour une demoiselle aussi belle que riche. Après avoir longtemps hésité, il s'est décidé à demander la main de sa bien-aimée au père de la jeune fille.

Le vieux prince, sans attendre et sans prendre le conseil de quiconque, lui répondit :

« Je comprends parfaitement ce que vous m'avez conté et dit. À peu de choses près, c'est l'exacte vérité : ma fille est belle, jeune et sage, elle est de noble descendance. Je suis un riche vavasseur issu d'illustres ancêtres et ma terre rapporte bien mille livres par an. Ne serais-je pas fou de donner ma fille à un chevalier qui gagne sa vie en courant les tournois, alors qu'elle est ma seule enfant ? Mon amour ne lui a pas manqué et, après ma mort, tout ce que j'ai lui appartiendra. Je voudrais pour elle un bon mariage : il n'y a prince en ce royaume ni d'ici jusqu'en Lorraine qui soit assez valeureux et sage pour lui être destiné. Un mois entier ne s'est pas écoulé depuis qu'un prétendant me l'a encore demandée, voici quelques jours : sa terre rapporte cinq cents livres qui m'auraient déjà été versées si j'avais donné mon accord. Mais ma fille peut bien attendre, car je croule sous tant de richesses qu'elle ne risque rien : elle reste un bon parti. En dehors d'un roi ou d'un comte, elle peut bien prétendre à un homme de la plus haute naissance, d'ici, en ce pays, jusqu'en Allemagne. »

À ces mots, le chevalier éprouva une cruelle honte et, sans attendre plus longtemps, il prit congé et s'en retourna. Comment faire quand Amour vous gouverne et vous torture ? Il se plaignait amèrement de son sort.

Quand la demoiselle apprit le refus de son père et quand elle sut ce qu'il avait dit, le désespoir s'empara d'elle. Son amour pour le chevalier, loin d'être inconstant, était bien plus loyal qu'on ne saurait le dire. Avant que le jeune homme ne fût reparti, en proie à une grande douleur, ils se parlèrent tous deux au-dehors. L'un et l'autre échangèrent leur avis. Le chevalier rapporta à la jeune fille l'entrevue qu'il avait eue avec son père et le refus essuyé : « Noble et généreuse demoiselle, dit-il, que dois-je faire ? Je vais quitter le pays, je crois, et m'en aller à l'aventure puisque j'ai perdu l'objet de mon désir. Que puis-je bien devenir à partir du moment où il me sera impossible de vous voir ? Quel malheur de m'être trouvé face à cette grande richesse qui fait la fierté de votre père ! Je vous aurais préférée moins riche car votre père se serait satisfait de ma situation, si lui-même avait été moins fortuné [...] »

Huon Le Roi, le Vair Palefroi,
Librairie Larousse, Coll. Classiques Juniors.

L'amour captif

À la suite d'une fausse accusation le botaniste Cornélius van Baerle a été condamné à la prison à perpétuité ! Fort heureusement, sa captivité est adoucie par la présence de Rosa, la fille du geôlier : c'est à elle qu'il a confié la fameuse « tulipe noire », fruit de longs travaux de recherche et objet de convoitise...

— Hélas ! dit Rosa éclatant en sanglots, puis-je vous ouvrir ? Ai-je les clefs sur moi ? Si je les avais, ne seriez-vous pas libre depuis longtemps ?

— Votre père les a, votre infâme père, le bourreau qui m'a déjà écrasé le premier caïeu de ma tulipe. Oh, le misérable, le misérable ! il est complice de Jacob.

— Plus bas, plus bas, au nom du ciel.

— Oh ! si vous ne m'ouvrez pas, Rosa, s'écria Cornélius au paroxysme de la rage, j'enfonce ce grillage et je massacre tout ce que je trouve dans la prison.

— Mon ami, par pitié.

— Je vous dis, Rosa, que je vais démolir le cachot pierre à pierre.

Et l'infortuné, de ses deux mains, dont la colère décuplait les forces, ébranlait la porte à grand bruit, peu soucieux des éclats de sa voix qui s'en allait tonner au fond de la spirale sonore de l'escalier.

Rosa, épouvantée, essayait bien inutilement de calmer cette furieuse tempête.

— Je vous dis que je tuerai l'infâme Gryphus, hurlait van Baerle ; je vous dis que je verserai son sang, comme il a versé celui de ma tulipe noire.

Le malheureux commençait à devenir fou.

— Eh bien, oui, disait Rosa palpitante, oui, oui, mais calmez-vous, oui, je lui prendrai ses clefs, oui, je vous ouvrirai, oui, mais calmez-vous, mon Cornélius.

Elle n'acheva point, un hurlement poussé devant elle interrompit sa phrase.

— Mon père ! s'écria Rosa.

— Gryphus ! rugit van Baerle, ah ! scélérat !

Le vieux Gryphus, au milieu de tout ce bruit, était monté sans que l'on pût l'entendre.

Il saisit rudement sa fille par le poignet:

— Ah ! vous me prendrez mes clefs, dit-il d'une voix étouffée par la colère. Ah ! cet infâme ! ce monstre ! ce conspirateur à pendre est votre Cornélius. Ah ! l'on a des connivences avec les prisonniers d'État. C'est bon.

Rosa frappa dans ses deux mains avec désespoir.

— Oh ! continua Gryphus, passant de l'accent fiévreux de la colère à la froide ironie du vainqueur, ah ! monsieur l'innocent tulipier, ah ! monsieur le doux savant, ah ! vous me massacrerez, ah ! vous boirez mon sang ! Très bien ! rien que cela ! Et de complicité avec ma fille ! Jésus ! mais je suis donc dans un antre de brigands, je suis donc dans une caverne de voleurs ! [...] Je vous avertis, mes agneaux, que vous n'aurez plus cette félicité de conspirer ensemble. Çà, qu'on descende, fille dénaturée. Et vous, monsieur le savant, au revoir : soyez tranquille, au revoir !

Alexandre Dumas, la Tulipe noire.

Les adieux

Pendant son service militaire, un paysan normand est tombé amoureux d'une jeune fille noire pleine de qualités et de charme. Il veut l'épouser et la présente à ses parents. Mais la mère la trouve décidément trop noire (on est à la fin du XIXᵉ siècle) et ne peut se faire à l'idée de ce mariage.

Quand on longeait une clôture, les fermiers apparaissaient à la barrière, les gamins grimpaient sur les talus, tout le monde se précipitait au chemin pour voir passer la « Noire » que le fils Boitelle avait ramenée. [...] Le père et la mère Boitelle effarés de cette curiosité semée par la campagne à leur approche, hâtaient le pas, côte à côte, précédant de loin leur fils à qui sa compagne demandait ce que les parents pensaient d'elle. Il répondit en hésitant qu'ils n'étaient pas encore décidés. Mais, sur la place du village, ce fut une sortie en masse de toutes les maisons en émoi, et devant l'attroupement grossissant, les vieux Boitelle prirent la fuite et regagnèrent leur logis tandis qu'Antoine soulevé de colère, sa bonne amie au bras, s'avançait avec majesté sous les yeux élargis par l'ébahissement.

Il comprenait que c'était fini, qu'il n'y avait plus d'espoir, qu'il n'épouserait pas sa négresse ; elle aussi le comprenait ; et ils se mirent à pleurer tous les deux en approchant de la ferme. Dès qu'ils y furent revenus, elle ôta de nouveau sa robe pour aider la mère à faire sa besogne ; elle la suivit partout, à la laiterie, à l'étable, au poulailler, prenant la plus grosse part, répétant sans cesse : « Laissez-moi faire, madame Boitelle », si bien que le soir venu, la vieille, touchée et inexorable, dit à son fils :

« C'est une brave fille tout de même. C'est dommage qu'elle soit si noire, mais vrai, alle l'est trop. J'pourrais pas m'y faire, faut qu'alle r'tourne, alle est trop noire. »

Et le fils Boitelle dit à sa bonne amie :

« Alle n'veut point, alle te trouve trop noire. Faut r'tourner. Je t'aconduirai jusqu'au chemin de fer. N'importe, t'éluge point. J'vas leur y parler quand tu seras partie. »

Il la conduisit donc à la gare en lui donnant encore bon espoir et, après l'avoir embrassée, la fit monter dans le convoi qu'il regarda s'éloigner avec des yeux bouffis par les pleurs.

Il eut beau implorer les vieux, ils ne consentirent jamais.

Guy de Maupassant, Boitelle.

L'amour à l'épreuve

Le jeune Marcel en vacances dans le midi de la France délaisse son frère Paul et son ami Lili depuis qu'il est amoureux d'Isabelle. Mais ses parents n'apprécient guère la fiancée qu'il s'est choisie.

Car c'était là le grand point : leur erreur à tous c'était de n'avoir pas compris la force d'un sentiment unique au monde, et qu'ils n'avaient certainement jamais éprouvé puisqu'il n'y avait qu'une seule Isabelle, et qu'ils ne la connaissaient pas ! Ils ne pouvaient donc pas savoir qu'elle ne ressemblait à personne. La tante Rose ne l'avait vue que de loin, et à la messe, où il est défendu de rire, et Lili, qui parlait d'elle si brutalement, n'était qu'un petit paysan. Si elle avait daigné lui dire un seul mot, il aurait, lui aussi, couru à quatre pattes en croquant des sauterelles, ou peut-être des cafards. Il se serait laissé noircir du haut en bas, et il aurait dormi en souriant, à cause d'un ruban vert autour de son cou...

Le ton des dernières paroles de Joseph ne me laissait aucun espoir : il avait décidé que je ne la verrais plus. Si j'y allais malgré lui, il viendrait m'y chercher, et il insulterait peut-être le poète, qu'il avait appelé poivrot ! Que pouvais-je faire ?

Évidemment, j'aurais dû leur dire que ce jeu n'était qu'une série « d'épreuves », que cette période était terminée, et que dès le lendemain je serais le prince, c'est-à-dire l'époux de la reine.

Devant l'assaut de toute la famille, je n'avais pas eu le courage de parler. Mais il était peut-être encore temps.

À force de réfléchir, je trouvai une solution grandiose : j'irais le lendemain, en secret, voir Isabelle. Puis, après la cérémonie du mariage, qui allait me transférer le pouvoir, je la conduirais à la Bastide-Neuve, la couronne en tête, le sceptre au poing, drapés dans le manteau royal, et la main dans la main, nous nous avancerions noblement à travers les marguerites, et la famille, émue et charmée, nous offrirait les présents des noces, et adopterait Isabelle.

Dans les demi-rêves qui précèdent le sommeil, tout paraît possible, et même facile... Je m'endormis, dans un si parfait bonheur que j'en avais les larmes aux yeux.

Marcel Pagnol, *le Temps des secrets.*

DON RODRIGUE
Nous partîmes cinq cents ; mais par un prompt renfort
Nous nous vîmes trois mille en arrivant au port...
Combat contre les Mores sur les rives du Guadalquivir
vu par Antony Mann dans son film *le Cid,* 1961.

Annexes

Figures d'un mythe, p. 172

Le Cid et les règles
de l'art classique, p. 182

Corneille, *le Cid*
et les critiques, p. 193

Avant ou après la lecture, p. 197

Bibliographie,
filmographie, p. 201

Figures d'un mythe

Rodrigo Díaz de Vivar (1043-1099) est né à Vivar, petit village espagnol situé en Castille, au nord de Burgos.

Cette région fut toujours fortement défendue contre les Maures (ou Mores), ces musulmans d'Afrique du Nord, qui occupaient à cette époque une grande partie de l'Espagne. C'est d'ailleurs à son système fortifié *(castella)* que la Castille doit son nom.

Chevalier héroïque au service de son pays, le Cid Campeador, « le seigneur qui gagne les batailles » (de l'arabe *sidi,* mon seigneur, et de l'espagnol *Campeador,* guerrier illustre), est devenu au cours des siècles un personnage légendaire, le symbole de la noblesse chrétienne espagnole.

Très tôt célébré par la poésie épique castillane, il a inspiré en Espagne, dans d'autres pays d'Europe et jusqu'en Amérique du Sud un nombre impressionnant de textes poétiques et dramatiques.

Du personnage historique...

Rodrigo Díaz de Vivar, issu d'une famille de petite noblesse castillane, a été élevé auprès de Sanche, le fils aîné du roi Ferdinand Ier de Castille (1035-1065). Nommé premier officier de l'armée royale par Sanche II le Fort, le successeur de Ferdinand, Rodrigue a combattu pendant plus de sept ans aux côtés de son roi. C'est durant ces guerres contre la Navarre, contre Saragosse, contre Alphonse VI, le frère du roi, qu'il aurait acquis sa réputation de héros invincible.

À la mort de Sanche, il passe au service d'Alphonse VI qui lui donne en mariage sa cousine Jimena (Chimène) Díaz. Mais bientôt son esprit d'indépendance et son influence portent ombrage au roi. Rodrigue, tombé en disgrâce, parcourt l'Espagne, offrant ses services à des princes chrétiens et même musulmans, remportant des victoires éclatantes qui lui confèrent peu à peu une puissance politique qu'il utilisera dans les dernières années de sa vie, après s'être emparé du royaume maure de Valence sur lequel il régnera jusqu'à sa mort.

Pourquoi Rodrigue est-il devenu un personnage de légende tandis que d'autres chevaliers de son époque, à l'itinéraire comparable, sont tombés dans l'oubli ?

Cette survivance est due, peut-être, à la personnalité même de Rodrigue : sa vie tumultueuse de soldat, son goût de l'aventure, son esprit d'indépendance, parlent à l'imaginaire collectif qui voit en lui l'incarnation archaïque du guerrier et le symbole de la réussite.

À cette explication à la fois psychologique et anthropologique s'en ajoute une autre, de caractère historique : aux yeux du peuple espagnol, Rodrigue est devenu le protecteur et le garant du pays contre les invasions de l'ennemi musulman. Comme Roland, il incarne la fidélité et la soumission nationalistes. À travers eux, se fortifient les valeurs chrétiennes du Moyen Âge.

... au personnage littéraire

Bien vite, du vivant même de Rodrigue, les poètes se sont emparés de ce personnage populaire pour en faire un mythe.

La vie du héros, cent fois racontée, a donné lieu à toutes sortes d'interprétations ; certains épisodes démesurément grandis par la légende ou tout simplement inventés ont inspiré poètes et auteurs dramatiques. De ce gigantesque corpus, voici les œuvres les plus représentatives :

Les poèmes épiques et lyriques
Carmen Campidoctoris, œuvre contemporaine de Rodrigue, est un poème composé en latin profondément marqué par la tradition littéraire de l'Antiquité :

Il est issu d'une assez noble race, telle qu'il n'en existe pas de plus grande en Castille ; Séville et le rivage de l'Èbre savent qui est Rodrigue.

Son premier combat singulier, ce fut lorsque, jeune homme, il triompha du Navarrais ; de là lui vint le surnom de Campeador, de la bouche de ses aînés.

Il annonçait déjà ce qu'il allait faire, car il allait régler les conflits de ses compagnons, fouler aux pieds les trésors royaux et les conquérir à la pointe de l'épée.

Voyant que le jeune héros se dirigeait vers les sommets, Sanche, roi du pays, l'aima au point de vouloir lui confier le commandement de sa première cohorte.

Comme il refusait, Sanche voulait lui accorder un plus grand honneur, mais aussitôt le roi fut emporté par la mort qui n'épargne personne.

Après qu'il eut succombé à la trahison, c'est Alphonse qui régna sur le pays et qui lui donna, selon le vœu par lequel s'était engagé son frère, toute la Castille.

« Carmen Campidoctoris », in *La España del Cid*,
éd. de R. Menéndez Pidal, Madrid, 1969.

Les chansons de geste ou « cantar »
El Cantar de mio Cid (1140) est une chanson de geste où se lit l'influence des récits épiques français et germaniques composés à la même époque.

Le romancero
Ce terme désigne un ensemble de plus de deux cents « romances », poèmes courts composés en octosyllabes qui retracent la vie légendaire du Cid. Écrites en castillan, en

catalan, en portugais, elles fixent, du XVe au XVIIe siècle, la
tradition orale puis donnent lieu, au XIXe siècle, à de nombreuses
traductions et adaptations dans toutes les langues européennes.

À Burgos est le bon roi,
assis à table,
quand Chimène Gomez
vient se plaindre à lui.
En vêtements de deuil,
et coiffée de cendal noir,
genoux à terre,
elle s'est mise à parler :
« De la blessure avec laquelle je vis,
ô mon roi, ma mère est morte ;
chaque jour qui se lève,
je vois celui qui a tué mon père,
cavalier sur son cheval,
et tenant à la main un épervier ;
pour m'offenser davantage
il le nourrit dans mon colombier,
il tue mes colombelles
élevées et à élever ;
le sang qui en jaillit
a teint ma jupe.
Je le lui ai fait observer,
il m'a fait menacer.
Un roi qui ne fait pas régner la justice
ne devrait pas régner,
ni chevaucher sur son cheval,
ni deviser avec la reine,
ni manger du pain sur des nappes,
ni encore moins s'armer d'armes. »

El Romancero general, Biblioteca de Autores
Españoles, Madrid, 1945.

Les « romances » judéo-espagnoles du Maroc
Il s'agit là de poèmes restés dans la tradition judéo-espagnole
après l'expulsion des Juifs d'Espagne en 1492.

Le Cid revient victorieux
à San Pedro de Cardeña
des guerres qu'il a menées
contre les Maures à Valence.

Les trompettes résonnent longuement
pour annoncer sa venue ;
parmi tous les hennissements
on remarque ceux de Babiéca.

L'abbé et les moines sortent
pour le recevoir à la porte,
adressant des louanges à Dieu,
et au Cid mille compliments.

Il descendit de son cheval,
avant d'entrer dans l'église ;
de la main il prit un fanion
et parla ainsi :

« De toi je suis parti, temple saint,
exilé de mes terres ;
mais je reviens te rendre visite,
maintenant que je suis accueilli à l'étranger.

Le roi Alphonse m'avait exilé
parce que là-bas, à Sainte-Gadea,
j'avais reçu son serment
avec plus de rigueur qu'il n'eût voulu.

Les lois étaient bien celles du peuple,
je ne les ai nullement enfreintes ;
car, comme un loyal vassal,
j'ai lavé mon roi de tout soupçon.

Ô Castillans envieux !
que vous payez mal la défense
que mon épée vous a assurée
lorsque j'élargissais vos contrées !

Voici, je vous livre, conquis,
un autre royaume et mille frontières,
car je veux vous donner mes terres,
bien que vous m'ayez chassé des vôtres.

Je pourrais vous le reprocher,
mais devant des actes si laids
je suis Rodrigue de Vivar,
Castillan qui va droit au but. »

« Sepharad », in *Cinco nuevos romances sovae el Cid*,
éd. A. Arie, Madrid, 1961.

Les œuvres satiriques

Quevedo (1580-1645), grande figure du Siècle d'or espagnol, a repris la légende du Cid pour en faire une caricature baroque sous forme de poèmes et de pièces de théâtre. Il s'inscrit dans une tradition de démystification du héros commencée en Espagne avec Cervantès, Lope de Vega et Guilhem de Castro.

Les œuvres dramatiques

Guilhem de Castro, avec *Las Mocedades del Cid* (« les Enfances du Cid »), est le premier à avoir véritablement organisé le cycle du Cid en pièce de théâtre. Son œuvre répond aux principes de la comedia, genre populaire très en vogue en Espagne au début du XVIIe siècle, qui prône le mélange des genres et la liberté d'inspiration.

Mais c'est Corneille, nous le savons, qui avec sa tragi-comédie du *Cid,* inspirée de Guilhem de Castro, a donné de la légende la version dramatique la plus brillante et la plus accomplie.

RODRIGUE. De douleur, je demeure interdit. Fortune, ce que je vois est-il réel ? Ce changement qui vient de toi m'est si funeste que je n'y crois pas ! Comment ta rigueur a-t-elle pu permettre que mon père fût l'offensé — l'étrange peine ! — et l'offenseur le père de Chimène ?

Que faire, ô fortune cruelle, s'il est, lui, l'âme qui m'a donné la vie ? Que faire, terrible hésitation, si elle est, elle, la vie qui soutient mon âme ? J'aurais voulu, avec ton approbation, mêler mon sang au sien, et c'est son sang que je dois verser ? Souffrance extrême, je dois tuer le père de Chimène ?

Mais cette hésitation même offense l'honneur sacré qui soutient ma réputation. Mon devoir m'oblige, mon esprit une fois libéré, à me montrer digne de moi, car si mon père est l'offensé, peu importe, amère souffrance, que l'offenseur soit le père de Chimène.

Mais pourquoi songer ? Puisque j'ai plus de courage que d'années pour venger mon père en tuant le comte Lozano, qu'importe dès lors le parti redoutable du puissant adversaire, même s'il a dans les montagnes mille amis asturiens ? [...]

Guilhem de Castro, *Las Mocedades del Cid*,
éd. E. Mérimée, Toulouse, 1890.

Les poèmes romantiques français et étrangers
Victor Hugo, dans *les Orientales* et dans *la Légende des siècles*, a composé quelques poèmes dans lesquels il s'est inspiré très librement de la légende du Cid.

À sa suite, Barbey d'Aurevilly, Théophile Gautier et Leconte de Lisle ont consacré chacun une pièce en vers au héros.

Les chandeliers de fer flambent jusqu'au plafond
Où, massive, reluit la poutre transversale.
On entend crépiter la résine qui fond.

Hormis cela, nul bruit. Toute la gent vassale,
Écuyers, échansons, pages, Maures lippus,
Se tient debout et roide autour de la grand'salle.

Entre les escabeaux et les coffres trapus
Pendent au mur, dépouille aux Sarrasins ravie,
Cottes, pavois, cimiers que les coups ont rompus.

Don Diego, sur la table abondamment servie,
Songe, accoudé, muet, le front contre le poing,
Pleurant sa flétrissure et l'honneur de sa vie.

Au travers de sa barbe et le long du pourpoint
Silencieusement vont ses larmes amères,
Et le vieux Cavalier ne mange et ne boit point.

> Leconte de Lisle, « la Tête du comte »,
> *in Poèmes barbares*,
> *Œuvres*, Libr. A. Lemerre, Paris, 1935.

À la même époque, le poète espagnol José Zorilla reprend le thème du Cid.

À dix heures du matin
du mois de mai fleuri,
devant une noble multitude
réunie dans son palais,
le roi reçut la parole et la main
de Chimène et de Rodrigue
et les unit en une seule et même personne
d'un lien indissoluble.
Chimène est émue,
elle rougit et baisse les yeux
pour cacher de ses paupières
la joie qui brille dans ses yeux.
Peut-être a-t-elle quelque honte
de se donner de si bon gré

à celui contre lequel, si haut,
irritée, elle demandait justice.
Rodrigue, si gaillard et si agile
devant une armée à cheval,
est, devant sa fiancée,
un peu confus et pâle.
Le roi observe en souriant
la confusion des deux
et à son sourire répondent par un sourire
les courtisans malicieux.

José Zorilla, *La Legenda del Cid*, Barcelone, 1882.

Avant de clore cette revue d'histoire littéraire, citons le poème parodique de Georges Fourest, qui reprend sous une forme tout aussi irrespectueuse la tradition burlesque de Quevedo.

Le palais de Gormaz, comte et gobernador,
est en deuil : pour jamais dort couché sous la pierre
l'hidalgo dont le sang a rougi la rapière
de Rodrigue, appelé le Cid Campeador.

Le soir tombe. Invoquant les deux saints Paul et Pierre,
Chimène, en voiles noirs, s'accoude au mirador
et ses yeux dont les pleurs ont brûlé la paupière
regardent, sans rien voir, mourir le soleil d'or...

Mais un éclair, soudain, fulgure en sa prunelle :
sur la plaza Rodrigue est debout devant elle !
Impassible et hautain, drapé dans sa capa,

le héros meurtrier à pas lents se promène :
« Dieu ! soupire à part soi la plaintive Chimène,
qu'il est joli garçon, l'assassin de Papa ! »

G. Fourest, *la Négresse blonde*, « le Cid », dans
Anthologie des poètes contemporains, Delagrave, 1958.

Enfin précisons que la légende du Cid a gagné l'Amérique latine, avec Rubén Darío (1867-1916), poète du Nicaragua.

Le soleil aveugle se brise
sur les dures arêtes des armes ;
il blesse de lumière les plastrons et les cuirasses
et flamboie sur les pointes des lances.

Le soleil aveugle, la soif et la fatigue.
À travers la terrible steppe castillane,
vers l'exil avec douze des siens,
– poussière, sueur et fer – le Cid chevauche.

Rubén Darío,
« Nicaragua Castilla », in *Alma*, Madrid, 1900.

Un mythe pour l'éternité

Cette rapide revue des principales œuvres littéraires consacrées au Cid permet de souligner le rôle de la littérature dans la transformation de la réalité en mythe. Mais elle met en évidence également l'aspect créatif du mythe : bien vite, en effet, le personnage historique n'a plus fonctionné que comme un nom et c'est le personnage littéraire qui, dans la construction du mythe, l'a relayé.

On s'explique alors pourquoi, après Corneille, le Cid n'a plus donné lieu qu'à des œuvres mineures : le personnage littéraire a trouvé chez le dramaturge français une stature idéale qui fixe le mythe pour l'éternité. Dans la pièce de Corneille viennent converger toutes les images intermédiaires du personnage et six siècles de création poétique. C'est dans cette tragi-comédie bien française que la légende espagnole, arrivée à maturité, a trouvé un terme sous forme d'apothéose mais au milieu des bruits de la querelle. Et peut-être pouvons-nous percevoir derrière le scandale qui secoua la France littéraire de 1637 la voix du guerrier Rodrigue qui de son vivant, lui aussi, déchaîna les passions et fit couler beaucoup de sang avant de faire couler beaucoup d'encre.

Le Cid et les règles de l'art classique

L'un des principaux reproches adressés à Corneille au moment de la querelle du *Cid*, et qui a engendré un malentendu de plusieurs siècles, est de n'avoir pas respecté dans sa pièce les règles de l'art classique. Il y a là un contresens dont on comprendrait mal comment il a pu naître et se perpétuer, si ce n'était par l'effet conjugué d'une erreur de chronologie due aux critiques de l'époque, d'une appréciation erronée du genre de la pièce et, enfin, de l'ambivalence de Corneille lui-même face à ces accusations.

Les règles de l'art dramatique

« Qu'en un lieu, qu'en un jour, un seul fait accompli
Tienne jusqu'à la fin le théâtre rempli. »
   Ces vers de Boileau (*Art poétique*, III, vers 45-46) résument la règle des trois unités qui sert de fondement au théâtre classique.

L'unité d'action
De l'exposition au dénouement, une pièce doit développer les phases successives d'une intrigue unique. L'unité d'action oblige le spectateur à concentrer son attention sur l'essentiel. Grâce à ce procédé, l'auteur garde le contrôle du public.
   L'unité d'action présente également une valeur esthétique et morale : elle symbolise l'ordre et l'équilibre.

L'unité de temps

Aristote avait dit : « La tragédie s'efforce le plus possible de se renfermer dans une révolution du soleil ou du moins de dépasser peu ses limites » *(Poétique).*

De cette indication, les théoriciens du XVIIe siècle déduisirent que l'action d'une pièce de théâtre ne peut excéder vingt-quatre heures. On devine les difficultés qu'entraîna cette règle pour les auteurs, obligés de faire entrer dans une durée très courte une somme impressionnante d'événements indispensables à la construction de l'intrigue.

Pourtant, cette règle aura pour effet de transformer la conception même de la tragédie qui sera désormais un moment de crise aiguë, l'aboutissement de toute une série d'événements antérieurs étrangers à la représentation proprement dite.

L'unité de lieu

Elle découle de l'unité de temps : si l'action se déroule en une seule journée, les déplacements des personnages sont forcément limités.

Elle signe l'arrêt de mort de l'imagination en installant le spectateur une bonne fois pour toutes devant un décor unique d'où il ne pourra pas s'échapper. Elle oblige peu à peu les auteurs à choisir comme lieu unique de la représentation une salle de palais pour la tragédie et souvent une rue ou une place pour la comédie. Elle exclut en outre la mise en scène des batailles et interdit la couleur locale.

Cependant, elle permet de mettre le spectateur en condition : il peut ainsi concentrer son attention sur la psychologie des personnages et leurs luttes intérieures sans s'attarder sur les détails du décor.

La vraisemblance

Question délicate que celle des rapports entre le vrai et le vraisemblable ! Boileau dans son *Art poétique* (III, 47-50) proposa fort heureusement une piste à suivre :

Notre esprit ne peut croire que ce qu'il admet pour vraisemblable : il y a des choses qui sont arrivées réellement et qui nous paraîtraient incroyables, étant donné nos idées actuelles, si elles n'avaient pour elles la garantie de l'histoire. C'est donc une nécessité pour l'œuvre d'art, si elle veut plaire en touchant le public, de préférer au vrai, matière de l'histoire, le vraisemblable, c'est-à-dire ce qui est conforme à l'idée que se fait le public de la réalité.

Sur cette question donc, la référence n'est pas le vrai mais le vraisemblable, c'est-à-dire ce qu'est capable d'assimiler et d'admettre un esprit du XVIIe siècle. Derrière cette notion de « vraisemblable » se profile, on le devine, la morale conservatrice de l'époque.

La bienséance

« Ce n'est que par la bienséance que la vraisemblance a son effet : tout devient vraisemblable dès que la bienséance garde son caractère dans toutes les circonstances » (P. Rapin, *Réflexions sur la poétique*, 1674).

Il est clair que la règle de bienséance découle directement de la règle de vraisemblance. Un auteur dramatique doit avoir à cœur de ne pas choquer son public en montrant sur la scène des situations d'un pathétique effréné, des batailles, des duels. Tout réalisme doit être banni au nom de la bienséance.

Cette règle s'exercera souvent au détriment de la vraisemblance historique : pour ne pas choquer, les auteurs n'hésiteront pas à transformer la vérité afin de lui faire épouser l'orthodoxie classique.

Sur le plan dramatique, ils seront obligés de substituer des récits à tous les événements violents survenant au cours de la pièce. Dès lors, la tragédie devient un genre qui privilégie le sens et non le spectacle, et l'on comprend pourquoi le théâtre classique est plus littéraire que visuel.

L'historique des trois unités

Ces règles n'ont pas été inventées par les théoriciens qui s'en sont prévalus au moment de la sortie du *Cid*. À l'époque où Mairet (1604-1686), qui fut nommé « l'inventeur » des règles du théâtre classique, Chapelain (1595-1674), qui joua un rôle essentiel dans la fondation de l'Académie française, et l'abbé d'Aubignac (1604-1676), qui écrivit un traité théorique sur la tragédie *(Pratique du théâtre)*, imposaient à l'art dramatique des règles strictes et incontournables, ils ne faisaient qu'exhumer des principes qui, empruntés à la poétique d'Aristote, avaient déjà fait l'objet d'une résurgence au XVIe siècle.

En effet, si le philosophe grec (384-322 av. J.-C.) avait codifié la tragédie à partir d'une analyse du théâtre d'Eschyle, de Sophocle et d'Euripide, les principes énoncés dans son traité *(Poétique)* avaient déjà été examinés de très près par certains auteurs français du XVIe siècle : c'est l'érudit Scaliger qui, le premier, systématisa les idées d'Aristote sur la tragédie. On trouve dans sa *Poétique*, publiée en 1561, les fameuses règles qui permettront, un siècle plus tard, de définir la tragédie classique. Deux auteurs contemporains, Jean de La Taille avec son *Art de la tragédie* et Vauquelin de La Fresnaye avec son *Art poétique*, complétèrent cette charte de la tragédie.

Et si Jodelle (1532-1573), avec *Cléopâtre*, inaugurait en France le genre de la tragédie, si Garnier (1544-1590) créait, avec *Bradamante*, le genre de la tragi-comédie, tous deux étaient loin de se douter qu'ils seraient à l'origine d'une des plus grandes batailles de l'histoire littéraire.

À la fin du XVIe siècle, la tragédie et la tragi-comédie se partageaient le goût du public. Mais ces deux genres se développaient au gré des auteurs, dans une indifférence plus ou moins affichée à l'égard des règles : la sensibilité baroque privilégie, en effet, le mouvement, les contrastes, la liberté.

Dans le premier quart du XVIIe siècle, c'est la tragi-comédie qui plaît au public. Par son aspect romanesque et sa grande liberté d'expression, elle constitue un divertissement de première qualité, elle fait trembler, elle fait rire, elle fait rêver. Elle est un spectacle complet.

Or, à la veille du *Cid*, la tragédie, genre noble, cherche à reconquérir sa place dans l'art dramatique.

Ce genre, désormais, convient mieux au climat social et politique de la France gouvernée par Richelieu. Le temps n'est plus à la folie mais à la raison : la tragi-comédie sera dévalorisée, et l'on fera de ses caractéristiques des défauts.

Le procès d'un genre

C'est dans ce contexte que l'on doit aborder la querelle du *Cid*. Ce procès est en réalité une mise en accusation de la tragi-comédie et cette pièce donnée à un moment critique de l'histoire dramatique du XVIIe siècle a agi comme un détonateur.

Situation singulière que celle de Corneille en 1637 : voilà qu'on accuse sa pièce de ne pas être ce que précisément elle n'est pas. On analyse une tragi-comédie en prenant pour unité de mesure les règles de la tragédie ! Le contresens est de taille, et pourtant Corneille n'essaiera pas de rétablir la vérité. Au cours de la querelle, il combattra ses détracteurs sur leur propre terrain, celui de la mystification ou du malentendu. Pourquoi ?

L'ambivalence de Corneille

Corneille a voulu réconcilier en une seule et même pièce deux genres dramatiques incompatibles, faire entrer une tragi-comédie dans le moule de la tragédie.

Pour lui aussi, *le Cid* est une époque charnière : auteur comblé grâce au succès de ses premières pièces qui sont des tragi-comédies et des comédies, il ne peut rester en dehors du courant qui se dessine en faveur de la tragédie. Plus tard, d'ailleurs, il soulignera ce paradoxe en rebaptisant *le Cid* dans l'édition de 1648 : la pièce s'appellera non plus « tragi-comédie » mais « tragédie », façon quelque peu artificielle de régler la question sans compromettre le fond de sa pensée.

À cette position pour le moins délicate de l'écrivain se superpose sans doute déjà à l'époque une difficulté naturelle à maîtriser les notions de « règles » si chères aux théoriciens de l'art classique, comme si les principes d'Aristote ne cadraient pas vraiment avec sa personnalité. Le *Discours de l'utilité et des parties du poème dramatique*, paru dans l'édition de 1660, est à cet égard parfaitement révélateur :

Il faut observer l'unité d'action, de lieu, et de jour, personne n'en doute ; mais ce n'est pas une petite difficulté de savoir ce que c'est que cette unité d'action, et jusques où peut s'étendre cette unité de jour et de lieu.

Dans son *Examen du « Cid »*, Corneille avouera d'ailleurs ce qu'il nia du temps de la querelle, à savoir que *le Cid* est loin de respecter à la lettre les fameuses règles :

Bien que ce soit celui de mes ouvrages où je me suis permis le plus de licence, il passe encore pour le plus beau auprès de ceux qui ne s'attachent pas à la dernière sévérité des règles.

Ces mots de Corneille nous intéressent à double titre. En effet, s'ils permettent de mesurer l'aspect provocateur de la pièce au regard des doctes de l'époque, ils mettent en lumière une de ses qualités essentielles : sa substance intermédiaire qui cherche à marier les contraires, cette richesse née d'un croisement inconcevable entre la liberté et la contrainte, laquelle enchanta, comme on sait, le public de l'époque, tandis que les garants de l'ordre nouveau manquaient, par excès de zèle, un des événements majeurs de l'histoire littéraire française, la création d'une œuvre unique et par là même inclassable.

Les trois unités dans *le Cid*

Comment, dans le détail de la pièce, Corneille s'est-il accommodé des règles ?

L'unité d'action

C'est bien l'amour menacé de Rodrigue et Chimène qui constitue le sujet de la pièce. Cependant, on ne peut nier que ce qu'il est convenu d'appeler « la tragédie de l'Infante » est une intrigue secondaire venant se greffer, sans nécessité absolue, sur l'intrigue principale.

Corneille d'ailleurs le reconnaîtra dans un passage du *Discours* : Aristote blâme fort les épisodes détachés et dit « que les mauvais poètes en font par ignorance, et les bons en faveur des comédiens pour leur donner de l'emploi ». L'Infante du *Cid* est de ce nombre.

L'unité de temps

L'action occupe sensiblement vingt-quatre heures qui se distribuent ainsi :
— Premier jour, dans l'après-midi : querelle de don Diègue et du Comte, duel de Rodrigue et du Comte.
— Nuit : bataille contre les Maures.
— Deuxième jour : assemblée chez le Roi.

Comme on le voit, la règle des vingt-quatre heures a été respectée mais Corneille dira dans son *Examen* combien cette contrainte a porté préjudice à la vraisemblance de l'intrigue :

[...] La mort du Comte et l'arrivée des Maures s'y pouvaient entre-suivre d'aussi près qu'elles font, parce que cette arrivée est une surprise qui n'a point de communication, ni de mesures à prendre avec le reste ; mais il n'en va pas ainsi du combat de don Sanche, dont le Roi était le maître, et pouvait lui choisir un autre temps que deux heures après la fuite des Maures.

Leur défaite avait assez fatigué Rodrigue toute la nuit pour mériter deux ou trois jours de repos. [...]

Cette même règle presse aussi trop Chimène de demander justice au Roi la seconde fois. Elle l'avait fait le soir d'auparavant, et n'avait aucun sujet d'y retourner le lendemain matin pour en importuner le Roi, dont elle n'avait encore aucun lieu de se plaindre, puisqu'elle ne pouvait encore dire qu'il lui eût manqué de promesse. Le roman lui aurait donné sept ou huit jours de patience avant que de l'en presser de nouveau ; mais les vingt et quatre heures ne l'ont pas permis : c'est l'incommodité de la règle.

L'unité de lieu

La pièce se déroule dans trois endroits différents : la place publique, le palais du Roi et la maison de Chimène.

Corneille a donc dévié la règle qui préconise le choix d'un seul et unique lieu. Voici les explications qu'il donnera à ce propos dans son *Examen :*

[...] Tout s'y passe donc dans Séville, et garde ainsi quelque espèce d'unité de lieu en général ; mais le lieu particulier change de scène en scène, et tantôt c'est le palais du Roi, tantôt l'appartement de l'Infante, tantôt la maison de Chimène, et tantôt une rue ou place publique. On le détermine aisément pour les scènes détachées ; mais pour celles qui ont leur liaison ensemble, comme les quatre dernières du premier acte, il est malaisé d'en choisir un qui convienne à toutes. Le Comte et don Diègue se querellent au sortir du palais ; cela se peut passer dans une rue ; mais, après le soufflet reçu, don Diègue ne peut pas demeurer en cette rue à faire ses plaintes, attendant que son fils survienne, qu'il ne soit tout aussitôt environné de peuple, et ne reçoive l'offre de quelques amis. Ainsi il serait plus à propos qu'il se plaignît dans sa maison, où le met l'Espagnol, pour laisser aller ses sentiments en liberté ; mais, en ce cas, il faudrait délier les scènes comme il a fait. En l'état où elles sont ici, on peut dire qu'il faut quelquefois aider au théâtre, et suppléer favorablement ce qui ne s'y peut représenter. Deux personnes s'y arrêtent pour parler, et quelquefois il faut présumer qu'ils marchent, ce qu'on ne peut exposer sensiblement à la vue, parce qu'ils échapperaient aux yeux avant que d'avoir pu dire ce qu'il est nécessaire qu'ils fassent savoir à l'auditeur. Ainsi, par une fiction de théâtre, on peut s'imaginer que don Diègue et le Comte, sortant du palais du Roi, avancent toujours en se querellant, et sont arrivés devant la maison de ce premier lorsqu'il reçoit le soufflet qui l'oblige à y entrer pour y chercher du secours.

Les règles de vraisemblance et de bienséance

Plusieurs problèmes se sont posés à Corneille lorsqu'il a écrit le Cid.

Le soufflet : la bienséance eût commandé à l'auteur de ne pas le montrer sur scène. Pourtant, il a choisi de le représenter pour créer un mouvement de sympathie chez les spectateurs :

Ce qu'on expose à la vue touche bien plus que ce qu'on n'apprend que par un récit. [...]

L'indignité d'un affront fait à un vieillard, chargé d'années et de victoires, les jette [les auditeurs] aisément dans le parti de l'offensé.

La réaction du Roi après le soufflet : si Corneille tempère cette réaction alors que la vraisemblance eût exigé que le Roi fît arrêter le Comte, c'est uniquement pour se conformer à son modèle et par respect de la vérité historique :

Chez don Guilhem de Castro, le soufflet se donne en sa présence et en celle de deux ministres d'État, qui lui conseillent, après que le Comte s'est retiré fièrement et avec bravade, et que don Diègue a fait la même chose en soupirant, de ne le pousser point à bout, parce qu'il a quantité d'amis dans les Asturies, qui se pourraient révolter, et prendre parti avec les Maures dont son État est environné. Ainsi il se résout d'accommoder l'affaire sans bruit, et recommande le secret à ces deux ministres, qui ont été seuls témoins de l'action. C'est sur cet exemple que je me suis cru bien fondé à le faire agir plus mollement qu'on ne ferait en ce temps-ci, où l'autorité royale est plus absolue.

Les funérailles du Comte : pour ne pas déconcentrer ni troubler le spectateur, Corneille a choisi de passer cet épisode sous silence, ce qui est conforme à la bienséance.
   Les deux visites que Rodrigue fait à Chimène : leur vérité psychologique et la qualité des sentiments exprimés de part et d'autre justifient, selon l'auteur, cette petite entorse à la règle de bienséance :

Leur conversation est remplie de si beaux sentiments, que « plusieurs n'ont pas connu ce défaut, et que ceux qui l'ont connu l'ont toléré ». J'irai plus outre, et dirai que tous presque ont souhaité que ces entretiens se fissent ; et j'ai remarqué aux premières représentations qu'alors que ce malheureux amant se présentait devant elle, il s'élevait un certain frémissement dans l'assemblée, qui marquait une curiosité merveilleuse, et un redoublement d'attention pour ce qu'ils avaient à se dire dans un état si pitoyable.

Le mariage de Chimène avec le Cid : l'épisode est emprunté à Guilhem de Castro mais Corneille dit en avoir mesuré le caractère choquant. C'est pourquoi, s'il laisse entrevoir ce dénouement, il le repousse dans un avenir lointain (« Prends un an, si tu veux, pour essuyer tes larmes », vers 1821) :

Il est vrai que, dans ce sujet, il faut se contenter de tirer Rodrigue de péril, sans le pousser jusqu'à son mariage avec Chimène. Il est historique et a plu en son temps ; mais bien sûrement il déplairait au nôtre ; et j'ai peine à voir que Chimène y consente chez l'auteur espagnol, bien qu'il donne plus de trois ans de durée à la comédie qu'il en a faite. Pour ne pas contredire l'histoire, j'ai cru ne me pouvoir dispenser d'en jeter quelque idée, mais avec incertitude de l'effet, et ce n'était que par là que je pouvais accorder la bienséance du théâtre avec la vérité de l'événement.

Corneille, *le Cid* et les critiques

Des contemporains passionnés

Je vous souhaiterais ici pour y goûter, entre autres plaisirs, celui des belles comédies qu'on y représente, et particulièrement d'un *Cid* qui a charmé tout Paris. Il est si beau qu'il a donné de l'amour aux dames les plus continentes, dont la passion a même plusieurs fois éclaté au théâtre public. On a vu seoir en corps aux bancs de ses loges ceux qu'on ne voit d'ordinaire que dans la chambre dorée et sur le siège des fleurs de lys. La foule a été si grande à nos portes et notre lieu s'est trouvé si petit que les recoins du théâtre qui servaient les autres fois comme de niches aux pages ont été des places de faveur pour les cordons bleus et la scène y a été d'ordinaire parée de croix de chevaliers de l'Ordre.

Lettre du comédien Mondory à Guez de Balzac, le 28 janvier 1637.

Il est malaisé de s'imaginer avec quelle approbation cette pièce fut reçue de la cour et du public. On ne se pouvait lasser de la voir, on n'entendait autre chose dans les compagnies, chacun en savait quelque partie par cœur, on la faisait apprendre aux enfants et en plusieurs endroits de la France il était passé en proverbe de dire : Cela est beau comme *le Cid*.

Pellisson, *Relation contenant l'histoire de l'Académie française*, 1653.

Corneille, allié de Richelieu ?

Le fait est que la pièce est remplie d'aphorismes qui, en dépit de leur allure toute générale, peuvent passer pour la condamnation de la politique de Richelieu, telle que les contemporains la voyaient. Que Corneille l'ait voulu consciemment, ce n'est pas probable. Il traduisait des sentiments répandus autour de lui, une opinion publique qui était spontanément contraire au despotisme même quand elle ne pensait pas à le combattre. *Le Cid*, avec ses formules intransigeantes sur les duels, l'honneur et la réparation par les armes, avec ses deux combats singuliers, aussi glorieux l'un que l'autre pour le héros, avec son atmosphère de fierté et d'indiscipline, n'avait rien en tout cas qui pût servir dans le public les vues de Richelieu. Dans la voix de Don Gormas, et même dans celle de Rodrigue et de Don Diègue, le public pouvait reconnaître, comme dit Sainte-Beuve dans *Nouveaux Lundis*, « l'écho de cette altière et féodale arrogance que Richelieu achevait à peine d'abattre et de niveler ».

Paul Bénichou, *Morales du Grand Siècle*, Gallimard, 1948.

Le monologue de Rodrigue

Ce qui peu à peu affleure et se fait jour, au cours de cet admirable monologue, et qui représente le tournant décisif de l'héroïsme cornélien, c'est la nécessité du sacrifice de l'*amour en tant que jouissance* au maintien de l'*ordre aristocratique* : derrière l' « honneur » et la « gloire » personnels se profilent la « maison » et l' « Espagne ».

Serge Doubrovsky, *Corneille et la dialectique du héros*, Gallimard, 1963.

Querelle ou scandale du *Cid* ?

La querelle peut faire sourire. Pourtant, elle laissait au poète une amertume qui ne se dissipa pas de sitôt, et devait l'assombrir, peser sur ses rapports avec la critique et infléchir son œuvre. Surtout, elle mettait en lumière une idée fondamentale. La tragédie doit, pensent Chapelain, Scudéry et d'Aubignac, qui s'exprimera plus tard fort nettement, si dans la querelle du *Cid* on ne constate pas sa présence, « sauver la bienséance », « enseigner des choses qui maintiennent la société civile ». À cette conception moralisante et conformiste, Corneille oppose la sienne, qu'il formulera de façon lapidaire plus tard : « l'art n'a pour but que le divertissement » et « toutes les vérités sont recevables dans la poésie ». Cette conception réaliste le met en dehors, et au-dessus, de sa génération. Querelle du *Cid*, dit-on ordinairement. Mieux vaudrait dire scandale du *Cid* ; scandale que provoque l'affirmation d'un tempérament vigoureux, éloigné de la pensée grégaire. Par quelque côté, Corneille sera toujours un isolé.

> Georges Couton, *Théâtre complet de Corneille*,
> éd. Garnier Frères, 1971.

Une intériorisation des obstacles

Rompant avec le ton souvent vulgaire des farceurs qui ont été ses prédécesseurs immédiats, [Corneille] crée une comédie d'un réalisme aimable, miroir de la bonne compagnie. Dans ce cadre risquant la monotonie, l'extraordinaire intervient par l'intériorisation des obstacles. Aux intrigues sentimentales traditionnelles s'ajoutent bientôt des problemes comme ceux de *la Place Royale*, où rien, sinon sa propre volonté, ne sépare le héros de celle qu'il aime. Quelques années plus tard, le même processus d'intériorisation fait le triomphe du *Cid* : le conflit qui sépare les héros aurait engendré, dans une esthétique plus facile, poursuites et combats, alors qu'il est vécu ici comme un déchirant problème moral.

Dans tous les domaines, le passage du comique au tragique dégage les ressorts émotifs les plus puissants. Le réalisme des premières comédies se transmue dans la tragédie en réalisme politique, et l'un comme l'autre aspireront à l'extraordinaire.

Colette et Jacques Scherer, in *le Théâtre en France*,
éd. A. Colin, 1988.

À la réflexion...

J'étais dans la loge de Gérard Philipe à Suresnes, tandis qu'on l'interviewait pour la radio. Il venait de jouer *le Cid*. Sur sa table de maquillage traînait une édition scolaire de Corneille, presque hors d'usage. [...]

— Eh bien, mes chers auditeurs, disait la « représentante de la presse parlée », je voudrais maintenant poser une autre question à Gérard Philipe. Nous avons tous été surpris par le non-vieillissement de cette pièce qui a pourtant été écrite il y a trois siècles. *Le Cid* a gardé une étonnante jeunesse. Voulez-vous dire, Gérard Philipe, à quoi vous attribuez cette jeunesse encore actuelle du *Cid* ?

Il n'y eut pas un cinquième de seconde de « blanc ». La sobre et décisive réponse de Gérard Philipe jaillit sans que sa figure se soit départie de son impassibilité :

— À Pierre Corneille, madame.

Georges Léon, in *Gérard Philipe*,
éd. Gallimard, 1960.

Avant ou après la lecture

Transposition de la pièce

1. En complétant la grille suivante, transposez les personnages du *Cid* dans notre monde contemporain.

	Le Roi	Don Gomès	Don Diègue	Rodrigue	Chimène	l'Infante	Don Sanche
Le président de la République							
Le patron d'une entreprise							
Le principal d'un collège							

2. En fonction des personnages choisis, imaginez une intrigue en cinq épisodes, en respectant à la lettre les règles de la tragédie (règle des trois unités : consultez, p. 182, *Le Cid* et les règles de l'art classique).

Exposé, enquête, discussion

1. Après avoir soigneusement analysé les textes donnés dans la partie thématique (p. 163), réalisez un exposé sur le thème de « l'amour contrarié » en littérature.

2. En vous inspirant des informations développées dans la partie thématique (p. 160), préparez un questionnaire sur les valeurs chevaleresques dans notre monde contemporain. Vous demanderez notamment aux personnes interrogées de donner leur définition du sens de l'honneur et de la galanterie. Dans un second temps, vous irez, par équipes de deux, interviewer des adultes et des adolescents. Vous pourrez enregistrer les

réponses sur une bande de magnétophone que vous écouterez en classe afin d'animer une discussion.

3. Toute une série de reproches furent adressés à Corneille durant la querelle. Certains émanent de Scudéry, d'autres de l'Académie (lire la première approche). En vous mettant à la place de l'auteur, répondez à ces accusations en multipliant les arguments et les exemples empruntés au texte :

— « Le sujet n'en vaut rien du tout » (Scudéry).

— « Il choque les principales règles du poème dramatique » (Scudéry).

— *Le Cid* est « chargé d'épisodes inutiles » (l'Académie).

— « Chimène est scandaleuse, sinon dépravée » (Scudéry). L'Infante et don Sanche « sont si peu nécessaires à la représentation que D. Urraque n'y est que pour faire jouer la Beauchâteau et le pauvre don Sanche pour s'y faire battre par Rodrigue » (Scudéry). [D. Urraque et la Beauchâteau jouaient alors les rôles de don Sanche et de l'Infante.]

— Le sujet du *Cid* « pèche dans son dénouement » (l'Académie).

— « Il y a beaucoup de méchants vers » (Scudéry).

Rédactions

1. « Ce qui suscite l'admiration, c'est toujours l'extraordinaire », a dit un auteur de la Grèce antique. Rodrigue et Chimène sont-ils « extraordinaires », c'est-à-dire différents du commun des mortels ? Éveillent-ils en nous un sentiment d'admiration ? Répondez à ces questions en vous appuyant sur le texte.

2. Le Roi fait arrêter Rodrigue après son duel avec le Comte. Imaginez, sous forme de dialogue, sa comparution devant le souverain.

3. Faites faire le récit de la bataille (scène 3, acte IV) par l'un des rois maures capturés par Rodrigue.

4. « Il ne courbe pas sous une loi, il ne conforme pas sa conduite à des exigences qui vaudraient également pour les autres hommes. Il embrasse d'un élan passionné la tâche héroïque qui se propose à lui. »

Antoine Adam, *le Théâtre classique*, éd. P.U.F., 1970.

« L'effort, qui permet au héros cornélien d'atteindre le but qu'il s'est fixé, lui permet aussi d'obtenir que lui soit rendu ce qu'il a sacrifié. »

J.-C. Tournand, *Introduction à la vie littéraire du XVIIe siècle,*
éd. Bordas, 1970.

Voici deux brefs commentaires sur le héros cornélien. Quels aspects essentiels de son comportement et de son caractère soulignent-ils ? Illustrez chacun de ces aspects à l'aide d'un exemple emprunté au texte (situation des personnages, paroles prononcées au cours de la pièce, etc.).

5. Après l'étude du *Cid*, précisez, pour chaque personnage, son origine sociale, son caractère et ses actions, et présentez une brève définition du héros cornélien. Puis retrouvez, parmi les vers suivants, celui qui définit avec le plus de richesse et d'exactitude le héros cornélien : 322-323 ; 339-340 ; 405-406 ; 417-418 ; 459 ; 487-488 ; 732 ; 842-848 ; 877 ; 887-888 ; 905-912 ; 930-932 ; 963 ; 1167-1168 ; 1637 ; 1779-1780 ?

6. Lisez le passage de la pièce espagnole dont s'est inspiré Corneille pour écrire *le Cid* (p. 177). Retrouvez cette scène dans *le Cid* de Corneille. Comparez les deux versions en repérant les ressemblances et les différences les plus frappantes.

Quel texte paraît avoir la plus grande force d'expression ? Pour quelles raisons ?

Ouvertures

1. Le héros cornélien a son propre vocabulaire.

Retrouvez dans le texte un vers où paraît chacun des mots suivants : honneur, gloire, générosité, devoir, mérite, valeur, vertu.

En vous aidant du lexique de la page 203, donnez le sens exact de ces mots. Essayez, dans les vers qui auront été sélectionnés, de les remplacer par des termes synonymes actuels. Est-ce toujours possible ? Pourquoi ?

Quelle différence existe-t-il entre : la valeur et la vertu, la générosité et le devoir, l'honneur et la gloire, le devoir et la vertu, dans leur sens du XVIIe siècle ?

Donnez la définition actuelle de ces mots. Utilisez-les dans des phrases qui feront ressortir leur signification actuelle.

2. Quelles remarques peut-on faire concernant le vocabulaire, l'ordre des mots ou des propositions dans les vers suivants : 17-18, 43, 169, 235, 341, 519, 727, 1086, 1308 ?

Transposez ces vers en français actuel. Quelle version paraît meilleure ? Pourquoi ?

3. Recherchez dans *la Légende des siècles* et *les Orientales* de Victor Hugo les textes qui sont inspirés de la légende du *Cid*.

Bibliographie, filmographie

Éditions du *Cid*

Corneille, *Théâtre complet*, éd. Garnier Frères, 1971, tome I.
Corneille, *Œuvres complètes*, éd. Gallimard, 1980,
coll. « la Pléiade », tome I.

Dictionnaire

Dictionnaire du français classique, éd. Larousse, 1971.

Ouvrages sur le XVIIe siècle

Paul Bénichou, *Morales du Grand Siècle*, éd. Gallimard, 1948,
coll. « Idées ».
Antoine Adam, *le Théâtre classique*, éd. Presses universitaires
de France, 1970, coll. « Que sais-je ? ».
J.-C. Tournand, *Introduction à la vie littéraire du XVIIe siècle*,
éd. Bordas, 1970.

Ouvrages sur Corneille

O. Nadal, *le Sentiment de l'amour chez Pierre Corneille*,
éd. Gallimard, 1948.
L. Herland, *Corneille par lui-même*, éd. du Seuil, 1954.
Serge Doubrovsky, *Corneille et la dialectique du héros*,
éd. Gallimard, 1963.

Ouvrages sur *le Cid*

A. Adam, *À travers la querelle du « Cid »*, revue d'histoire de la philosophie et d'histoire générale de la civilisation, 15 janvier 1938, p. 29-52.
G. Couton, *Réalisme de Corneille,* [...] *Réalités dans « le Cid »,* éd. Les Belles Lettres, Paris, 1953.
R. Pintard, *De la tragi-comédie à la tragédie : l'exemple du « Cid »,* dans « les Mélanges Vier », éd. Klincksieck, Paris, 1973.

Adaptation cinématographique

Le Cid d'Antony Mann (1961), avec Charlton Heston dans le rôle de Rodrigue et Sophia Loren dans celui de Chimène.

Petit dictionnaire pour lire *le Cid*

acte *(n. m.)* : partie d'une pièce de théâtre qui correspond à une étape importante dans le déroulement de l'action. Un acte se caractérise par le groupement des scènes autour d'un événement essentiel.

action *(n. f.)* : série d'événements qui dans une pièce de théâtre constitue l'intrigue. L'action a un commencement, un développement et un dénouement.

alliance de mots : rapprochement audacieux de deux mots dont le sens est contradictoire.
Ex. : « Cette *obscure clarté* qui tombe des étoiles »
(vers 1273).

antithèse *(n. f.)* : figure de style qui permet de mettre deux termes en valeur en les opposant.
Ex. : « Ton bras est *invaincu* mais non pas *invincible* »
(vers 418).

bienséance *(n. f.)* : principe essentiel du théâtre classique comportant le respect des règles de la morale et de la religion ; « Tout ce qui est contre les règles du temps, des mœurs, du sentiment, de l'expression est contraire à la bienséance » (P. Rapin).

confident *(n. m.)* : personnage conventionnel de la tragédie, qui reçoit les confidences d'un personnage principal.

dénouement *(n. m.)* : partie finale d'une pièce de théâtre, dans laquelle l'action se termine.

doctes *(n. m. pl.)* : théoriciens du théâtre classique qui imposèrent les règles au XVIIe siècle.

espace scénique : scène où évoluent les acteurs.

exposition *(n. f.)* : première partie d'une pièce de théâtre, dans laquelle l'auteur présente les personnages, expose la situation de départ et donne des indications sur le lieu et le moment de l'action.

intérêt dramatique : émotion, intérêt que peut éveiller l'action sur le spectateur d'une pièce de théâtre.

intrigue *(n. f.)* : enchaînement des événements, action d'une pièce de théâtre.

métaphore *(n. f.)* : comparaison dans laquelle on a supprimé le lien grammatical.
Ex. : « Et la terre, et le fleuve, et leur flotte, et le
[port,
Sont *des champs de carnage,* où triomphe la mort »
(vers 1299-1300).

monologue *(n. m.)* : scène à un personnage qui parle seul.

personnification *(n. f.)* : figure de style qui consiste à attribuer à un objet ou à une notion abstraite un comportement humain.
Ex. : « Ô rage ! ô désespoir ! ô *vieillesse ennemie !* »
(vers 237).

règles *(n. f. pl.)* : principes auxquels doivent se soumettre les auteurs de pièces de théâtre au XVIIe siècle.

répétition *(n. f.)* : figure de style qui consiste à répéter un même mot pour produire un effet d'insistance. Ex. : « *Ce sang qui tant de fois* garantit vos murailles, *Ce sang qui tant de fois* vous gagna des batailles »
(vers 661-662).

réplique *(n. f.)* : chaque élément du dialogue.

scène *(n. f.)* : partie d'un acte qui correspond à l'arrivée ou au départ d'un ou de plusieurs personnages.

stance *(n. f.)* : strophe.

tirade *(n. f.)* : longue suite de vers, récitée sans interruption par un personnage.

tragédie *(n. f.)* : pièce de théâtre développant une action sérieuse dont le sujet est emprunté à l'histoire ou à la légende. Elle met en scène des personnages illustres en lutte contre le destin. Elle cherche à provoquer chez le spectateur des sentiments de crainte et de pitié par le spectacle des passions humaines.

tragi-comédie *(n. f.)* : genre dramatique à la mode en France dans le premier quart du XVIIe siècle. Une tragi-comédie présente un sujet romanesque souvent né de l'imagination de l'auteur : elle développe une action riche en rebondissements et ne recule pas devant le mélange des tons. Son dénouement doit être heureux, comme dans la comédie.

205

transition (scène de) : scène courte qui permet d'articuler deux scènes importantes.

unité d'action : règle du théâtre classique selon laquelle une pièce ne doit développer qu'un seul sujet.

unité de lieu : règle du théâtre classique selon laquelle une pièce doit se dérouler dans un lieu unique.

unité de temps : règle du théâtre classique selon laquelle l'action d'une pièce ne doit pas dépasser vingt-quatre heures.

vraisemblance *(n. f.)* : caractère de ce qui paraît vrai mais qui ne l'est pas forcément.

Collection fondée par Félix Guirand en 1933, poursuivie par Léon Lejealle de 1945 à 1968 puis par Jacques Demougin jusqu'en 1987.

Nouvelle édition
Conception éditoriale : Noëlle Degoud.
Conception graphique : François Weil.
Coordination éditoriale : Marie-Jeanne Miniscloux et Emmanuelle Fillion.
Collaboration rédactionnelle : Ruth Navascues.
Coordination de fabrication : Marlène Delbeken.
Documentation iconographique : Nicole Laguigné.
Schémas : Léonie Schlosser, p. 2 ; Thierry Chauchat et Jean-Marc Pau, pp. 8 et 9.
Carte : Jean-François Poisson, p. 20.

Sources des illustrations
Larousse : p. 13.
Édimedia : p. 23.
Lauros-Giraudon : p. 26.
Agence de Presse Bernand : p. 45.
Brigitte Enguérand : p. 54, 119.
Enguérand/Agnès Varda : p. 63, 95.
Marc Enguérand : p. 155.
Roger-Viollet/Coll. Viollet : p. 156.
Collection Christophe L. (Production Samuel Bronston et Dear Films) : p. 170.

Composition : SCP Bordeaux.
Imprimerie Hérissey - 27000 Évreux - N° 63727.
Dépôt légal : janvier 1990. N° de série Éditeur : 17768.
Imprimé en France *(Printed in France)* 871 100 M- Janvier 1994.

Nouvelle collection *Classiques Larousse*

H. C. Andersen : *la Petite Sirène et autres contes.*

H. de Balzac : *les Chouans.*

F. R. de Chateaubriand : *Mémoires d'outre-tombre* (livres I à III), *René.*

P. Corneille : *Horace, Cinna, Polyeucte.*

A. Daudet : *Lettres de mon moulin.*

G. Flaubert : *Hérodias, Un cœur simple.*

J. et W. Grimm : *Hansel et Gretel et autres contes.*

V. Hugo : *Hernani.*

E. Labiche : *la Cagnotte.*

J. de La Bruyère : *les Caractères.*

J. de La Fontaine : *Fables* (livres I à VI).

P. de Marivaux : *la Double Inconstance, les Fausses Confidences, l'Île des esclaves, le Jeu de l'amour et du hasard.*

G. de Maupassant : *Un réveillon, contes et nouvelles de Normandie ; la Peur et autres contes fantastiques.*

P. Mérimée : *Carmen, Colomba, la Vénus d'Ille.*

Molière : *Amphitryon, l'Avare, le Bourgeois gentilhomme, Dom Juan, l'École des femmes, les Femmes savantes, les Fourberies de Scapin, George Dandin, le Malade imaginaire, le Médecin malgré lui, le Misanthrope, les Précieuses ridicules, le Tartuffe.*

Ch. L. de Montesquieu : *Lettres persanes.*

A. de Musset : *Lorenzaccio.*

Les Orateurs de la Révolution française.

Ch. Perrault : *Contes ou histoires du temps passé.*

E. A. Poe : *Double Assassinat dans la rue Morgue, la Lettre volée.*

J. Racine : *Andromaque, Bérénice, Britannicus, Iphigénie, Phèdre.*

E. Rostand : *Cyrano de Bergerac.*

Le Surréalisme et ses alentours (anthologie poétique).

Voltaire : *Candide, Zadig*

(Extrait du catalogue)